Un été pas comme les autres

Chère Lectrice,

Pour celles d'entre vous que la venue de l'automne déprime, et qui pensent que rentrée rime forcément avec morosité, Azur a concocté un programme de septembre plein de soleil et de surprises !

Tout commence par un cadeau. Pourquoi, en effet, attendre Noël pour se faire plaisir ? Ce mois-ci, celles d'entre vous qui achèteront notre « Secret de Famille » (*Au nom du désir*, de Diana Hamilton, n° 1757) et *La proie du doute*, de Rosalie Ash (n° 1758) se verront offrir un roman de la collection Rouge Passion : *Jusqu'au bout de la nuit*, de Jennifer Greene. De quoi faire monter de plusieurs degrés la température de nos premières soirées automnales !

Autre bonne nouvelle : Sandra Marton — l'un de vos auteurs préférés, à en croire votre courrier — est de retour dans Azur pour une série exceptionnelle de 4 livres, que vous découvrirez chaque mois jusqu'en décembre. Ne manquez pas le premier volume de la passionnante saga des Landon : *La fiancée texane* (n° 1751).

Enfin, j'aimerais vous présenter mon « chouchou » : le titre « Tabou » de septembre, *Fatale rencontre*, de Miranda Lee (n° 1755). Un roman très original, où les aventures des deux héros, Rachel et Luke, nous sont décrites à travers les pensées de ce dernier... Des pensées qui, je n'en doute pas, ne manqueront pas de vous étonner — et peut-être même de vous troubler !

Bonne lecture !

La Responsable de collection

CATHERINE SPENCER

Un été pas comme les autres

HARLEQUIN

COLLECTION AZUR

Si vous achetez ce livre privé de tout ou partie de sa couverture, nous vous signalons qu'il est en vente irrégulière. Il est considéré comme « invendu » et l'éditeur comme l'auteur n'ont reçu aucun paiement pour ce livre « détérioré ».

Cet ouvrage a été publié en langue anglaise sous le titre :
TEMPTING LUCAS

Traduction française de
FRANÇOISE LEJEUNE

83-85, boulevard Vincent-Auriol, 75013 Paris — Tél. : 01 42 16 63 63
ISBN 2-280-04453-6 — ISSN 0993-4448

1.

Onze années qu'elle n'avait pas revu Belvoir ! Comme la vieille demeure lui avait manqué ! Emily s'attendait à la retrouver un peu fanée, sa splendeur passée altérée par le temps. Mais non ! La maison se dressait dans la brume matinale, noble, élégante, aussi belle qu'autrefois. Et avec elle, se ranimait le souvenir des joies insouciantes de l'enfance et celui, infiniment plus douloureux, d'un rêve brisé à cause d'un amour non partagé.

La même glycine enroulait ses grappes mauves autour des piliers de bois de la véranda. Les mêmes rideaux de mousseline blanche encadraient les fenêtres de la tour et la sonnette de cuivre de la porte d'entrée reluisait toujours comme un sou neuf.

Combien de fois ses cousins et elle-même l'avaient-ils pressée, pour le simple plaisir de contempler la mine déconfite du domestique qui découvrait la supercherie ! Invariablement, les enfants se faisaient tirer les oreilles, et tout aussi invariablement, ils recommençaient le lendemain.

Un sourire radieux illumina le visage ridé de Consuela, la gouvernante qui officiait déjà à Belvoir avant la naissance d'Emily, lorsqu'elle ouvrit la porte.

— Mademoiselle Emily ! Quel bonheur de vous voir ici ! Madame va être tellement heureuse !

Lorsque Emily pénétra dans le petit salon, cependant, ce fut d'un œil critique que sa grand-mère la contempla par-dessus les lunettes perchées sur son nez aristocratique.

— Emily Jane..., lança-t-elle avec un air pincé. Je dois m'estimer heureuse que ce soit toi, plutôt qu'un autre membre de la famille, que l'on a déléguée pour me remettre dans le droit chemin. Toi, au moins, tu as le mérite de m'amuser. Embrasse-moi.

Refoulant les larmes qui perlaient à ses paupières, Emily effleura de ses lèvres la joue parcheminée.

— Tu as l'air en pleine forme, grand-mère.

— Tu mens toujours aussi mal, répliqua Monique Lamartine en jaugeant la jeune femme de son regard noir, alors autant te prévenir tout de suite : je ne quitterai pas ma maison, quelles que soient les pressions que vous exercerez sur moi. Je vis ici depuis mon mariage avec ton grand-père et je mourrai ici, même si je ne le rejoins pas aussi rapidement que ne le souhaitent mon fils et mes filles. Mon corps est peut-être fragile, mais mon cerveau demeure alerte et j'ai la ferme intention de mener ma vie comme je l'entends. Sois donc la bienvenue, Emily Jane, reste ici aussi longtemps que tu le désires, mais mets-toi bien dans la tête que tu repartiras sans moi.

Le cœur serré, Emily bredouilla une vague réponse en s'efforçant de dissimuler son émotion. Qu'avait de commun cette vieille dame affaiblie, dont la silhouette menue se perdait dans l'immense fauteuil du salon, avec la fière et tenace Monique Lamartine dont elle conservait une image si nette ?

Consuela réapparut à cet instant, poussant une table roulante. L'argenterie rutilante, le fin service en porcelaine de Limoges et les gâteaux tous plus appétissants les uns que les autres réveillèrent en Emily le souvenir de goûters raffinés et copieux.

— Sers le thé, Emily Jane. Cela t'aidera à trouver une contenance, ordonna Monique.

Emily n'avait pas oublié quel mépris affichait sa grand-mère pour le thé, boisson qu'elle qualifiait d'insipide et à laquelle elle préférait le café très fort, à l'instar de ses ancêtres français.

— J'ignorais que tu buvais du thé, grand-mère.

— Tu ignores beaucoup de choses. C'est logique lorsqu'on a évité quelqu'un pendant dix ans.

A presque trente ans, Emily pensait avoir largement dépassé l'âge des rougeurs adolescentes, mais la pique de sa grand-mère l'atteignit en plein cœur. A son grand désarroi, elle sentit ses joues s'empourprer.

— Tu exagères, protesta-t-elle sans conviction. Nous nous sommes revues pour des fêtes de famille, notamment à mon mariage. Et puis, je t'ai souvent téléphoné, et je t'ai toujours envoyé des cartes postales quand je voyageais.

Monique émit un rire méprisant.

— Avoue que ces occasions se prêtaient mal aux confidences ! La présence de la famille nous condamnait à des échanges impersonnels que tu n'appréciais pas davantage que moi. Et au lieu d'entretenir ces liens que nous avions tissés autrefois, tu n'as pas mis le pied ici depuis l'été de tes dix-neuf ans.

Submergée de honte, Emily détourna les yeux du regard perçant rivé sur elle.

— C'était cette maison, cet endroit, que j'évitais, grand-mère. Pas toi. Et aujourd'hui, je ne serais pas là si...

— Si mes propres enfants n'étaient pas persuadés que je suis incapable de conserver mon indépendance. Ils t'ont dépêchée parce qu'ils savent que malgré ta négligence à mon encontre, tu es celle que j'ai toujours préférée. Te rends-tu compte qu'il a fallu qu'une crise cardiaque me laisse à moitié invalide pour que tu surmontes tes répugnances et que tu acceptes enfin de me consacrer un peu de ton précieux temps ?

— Je suis désolée, grand-mère.

Contre toute attente, Monique reprit d'une voix plus douce :

— Je sais, ma chérie. Tout comme je sais pourquoi ce retour t'est si pénible. C'est ce Flynn de malheur, n'est-ce pas ?

— Que veux-tu dire ?

La voix de Monique se durcit de nouveau.

— Je suis peut-être handicapée, mais je ne suis pas encore demeurée ! Crois-tu que tes airs languissants m'ont échappé durant le dernier été que tu as passé ici ? Tu rêvassais des heures durant dans le pavillon d'été en espérant qu'il viendrait. Tu ne ressuscitais que lorsqu'il daignait t'accorder son attention.

Au prix d'un effort surhumain, Emily parvint à tendre une tasse à sa grand-mère sans trembler.

— Ce n'était qu'un amour d'adolescente. Toutes les filles passent par là.

— Peut-être, mais toutes ne font pas le mur à la nuit tombée pour ne rentrer qu'à l'aube. Toutes ne se renferment pas dans leur coquille en ignorant les jeunes gens de leur âge et en s'épanchant dans leur journal, comme toi durant les dernières semaines de ces vacances.

— Tu... tu as lu mon journal ?

— Certes ! avoua Monique sans la moindre gêne. Comment aurais-je découvert autrement ce qui te rendait si malheureuse ? Tu as laissé ce... cette fripouille te dérober ton innocence et ensuite, tu t'es rongé les sangs pendant des semaines en redoutant une grossesse.

Monique évoquait sans détours ce qui aurait représenté le déshonneur absolu pour la famille. Elle ignorait cependant qu'un enfant avait bel et bien été conçu la nuit qu'Emily avait passée dans les bras de Lucas Flynn. Un enfant qui n'avait jamais vu le jour et dont la perte avait porté un coup terrible à la jeune femme.

— Dieu merci, cela t'a été épargné, reprit Monique. Mais aurais-tu été enceinte que cela n'aurait rien changé à l'amour que je te porte.

De nouveau, les larmes embuèrent les yeux d'Emily.

— Oh, grand-mère !

— Jamais je n'oublierai ton visage le jour où il est venu ici nous annoncer ses fiançailles avec cette autre femme. Si ton grand-père avait été vivant, il lui aurait fait tâter de sa cravache, sois-en sûre! Mais Lucas Flynn n'a eu que ce qu'il méritait quand son savoir médical ne l'a pas aidé à sauver sa femme et qu'il a dû l'enterrer dans ce village perdu au fin fond de l'Afrique. Dommage que la même maladie ne l'ait pas emporté lui aussi. Le monde se passe fort bien d'individus de son espèce.

— C'est un médecin remarquable, paraît-il.

Un rire méprisant échappa à Monique.

— Plus maintenant! Il n'exerce plus. Il vit en reclus et n'émerge de ses quartiers que lorsque sa conscience le taraude et qu'il se sent obligé de rendre quelques menus services pour l'entretien de la maison.

Depuis son arrivée, toutes sortes d'émotions avaient traversé Emily. La nostalgie, la honte, la tristesse... A cette liste, s'ajouta soudain l'appréhension.

— Quelle maison? Il dirige bien une clinique quelque part au centre de l'Afrique, non?

— Tes informations datent un peu, ma chère. Lucas Flynn habite tout près d'ici, chez sa grand-mère. Le voisinage s'est hélas largement dégradé depuis ton dernier séjour, Emily Jane.

Le pire cauchemar de la jeune femme — rencontrer Lucas — était en passe de se réaliser!

— Mais comment... enfin, pourquoi est-il là?

— Parce que c'est un raté. Pour quelle autre raison veux-tu qu'il renonce à la pratique de la médecine? Pour quelle autre raison sa grand-mère se sentirait-elle obligée de prendre sa défense chaque fois qu'elle ouvre la bouche?

— Lucas n'a jamais été homme à se laisser critiquer.

— Eh bien maintenant, si! Quand il n'a pas l'œil vissé à un microscope au fond d'un laboratoire, il rédige des textes interminables sur ses découvertes. Sauf les rares fois où il daigne tondre la pelouse ou se rendre utile d'une façon ou d'une autre. Une belle faillite pour un homme qui ne parlait que de se dévouer à ses semblables.

Abasourdie, Emily tenta de reprendre pied.

— Il n'y a pas de laboratoire à April Water !

— Mais ils pullulent à San Francisco. Cela ne fait qu'une heure de route. Remarque, j'ai un peu exagéré. Il n'y est pas si souvent, puisque le bruit court qu'il s'est fait livrer un ordinateur ultra-sophistiqué à Roscommon. A présent, assez parlé d'un homme qui n'en vaut pas la peine. Il y a plus important ! Comme ton mariage...

Saisissant la main gauche d'Emily, Monique examina son annulaire vierge de toute alliance.

— J'ai toujours su qu'il ne durerait pas. Raconte-moi tout, ma chérie.

Emily haussa les épaules avec une moue désabusée. Comment expliquer l'absence de passion qui avait caractérisé son union avec George ?

— Nous nous sommes peu à peu éloignés l'un de l'autre.

— Comme si vous aviez jamais été proches ! Il s'est marié pour promouvoir sa carrière et toi pour te punir.

— Tu n'es pas juste, grand-mère. George s'est efforcé d'être un bon mari pour moi. Si tu cherches à blâmer quelqu'un de ce divorce, il faut t'en prendre à moi.

Les yeux noirs de Monique scrutèrent intensément la jeune femme.

— Pourquoi ? Parce que tu t'es mariée avec un homme alors que tu soupirais après un autre ?

Comment Monique avait-elle deviné ? Etait-elle transparente à ce point ?

— Si tu fais allusion à Lucas, grand-mère...

— A qui d'autre ferais-je allusion ?

— Cette... cette aventure s'est terminée trois ans avant mon mariage, je te rappelle.

Mais la magie qui imprégnait son souvenir demeurait vivace, comme si le temps ne faisait qu'embellir les images du passé au lieu de les effacer. George l'avait-il senti ? Etait-ce pour cela qu'il s'était consolé dans les bras d'une autre ?

Dix-huit mois auparavant, par un dimanche matin pluvieux, il avait annoncé sans préambule :

— Je te quitte, Emily. Il y a une autre femme dans ma vie.

Etrangement, elle avait accueilli l'annonce de la fin brutale de son mariage avec un parfait stoïcisme.

— Je la connais ?

— Non. Et c'est mieux comme ça. Cela nous épargnera des complications.

— J'imagine que tu veux divorcer.

— J'aimerais autant ne pas laisser traîner les choses.

— Il te manque, Emily Jane ?

Clignant des yeux, Emily jeta un coup d'œil confus en direction de sa grand-mère.

— Qui ça ? George ?

— Si tu pensais à Lucas Flynn, je ne m'étonne plus que ton mariage ait été un échec ! Tout homme possède un minimum de fierté, même George.

— Si nous avions eu des enfants, peut-être que...

— Encore heureux que vous n'en ayez pas eu ! De mon temps, un homme et une femme ne comptaient pas sur de pauvres êtres innocents pour résoudre leurs problèmes à leur place.

— Pauvre George ! Il se croyait stérile.

— C'est sûrement le cas, car il n'y a jamais eu de problème de fécondité dans notre famille.

— Sa nouvelle femme a mis au monde un enfant dix mois après leur mariage.

Piquée au vif dans son orgueil familial, Monique esquissa une moue dédaigneuse.

— George est quelqu'un d'adorable, grand-mère. Ce n'était pas l'homme qu'il me fallait, c'est tout.

Monique lui lança un coup d'œil acerbe.

— Pas plus que le bon à rien d'à côté. J'espère qu'à l'avenir, tu feras un choix plus judicieux.

A en juger par la violence de sa réaction en apprenant

que Lucas vivait à côté, Emily en doutait. Par bonheur, sa grand-mère s'endormit subitement, ce qui lui épargna l'embarras d'une réponse.

Après avoir enveloppé les frêles épaules de la vieille dame d'un châle, elle quitta la pièce pour aller retrouver Consuela.

— Grand-mère vient de s'assoupir brusquement. Cela lui arrive souvent ?

— De plus en plus.

Consuela soupira, parut sur le point de dire quelque chose, puis baissa les yeux, visiblement gênée.

— Qu'y a-t-il, Consuela ?

— Rien... enfin... tu vois bien qu'elle est...

— Très âgée, acheva Emily d'une voix sans timbre.

Pourquoi avait-elle attendu si longtemps pour revenir, alors qu'il restait si peu de temps à vivre à cette grand-mère qu'elle chérissait plus que tout au monde ?

Sensible à son désarroi, Consuela lui posa la main sur le bras en un geste de réconfort.

— Nous n'y pouvons rien, Emily. Il est hélas impossible de remonter le temps.

Cette cruelle évidence s'imposa avec acuité lorsque Emily entreprit de faire le tour de la maison. Contrairement à sa première impression, Belvoir subissait les outrages du temps. Au rez-de-chaussée, seuls le petit salon, la salle à manger et la cuisine servaient quotidiennement. Les autres pièces étaient fermées, leurs meubles recouverts de housses blanches à l'allure fantomatique. Dans un recoin obscur du hall d'entrée, une ampoule avait claqué sans que personne se préoccupe de la changer. Emily entreprenait de la remplacer lorsque Consuela la surprit en équilibre sur un escabeau.

— Je voulais m'en charger, mais, avec l'âge, je deviens sujette au vertige, déclara la vieille servante d'un air penaud.

— Je vous interdis de poser le pied sur un escabeau !

répliqua Emily d'un ton sans réplique. D'ailleurs, je ne comprends pas pourquoi grand-mère n'a pas engagé quelqu'un pour ce genre de tâches. Elle en a les moyens, que diable !

— Tu sais comme elle est fière. Cela la chagrinerait que des étrangers constatent que nous sommes incapables de nous débrouiller aussi bien qu'autrefois.

Emily en aurait pleuré.

— Viens me raconter tout ça pendant que je prépare le déjeuner. Et ne prends pas cet air catastrophé. Je suis capable de cuisiner et toi, tu as besoin de parler. Cela fait trop longtemps que tu portes ce fardeau toute seule. Il est temps que la famille prenne ses responsabilités.

De la cuisine, on apercevait la pelouse, autrefois si soignée, envahie par la mousse et les pissenlits. Les haies qui bordaient le sentier conduisant à la rivière avaient besoin d'être taillées. L'époque où Monique surveillait son domaine d'un œil d'aigle était bel et bien révolue. Si elle refusait de quitter Belvoir, il faudrait qu'un membre de la famille s'y installe pour prendre soin d'elle tout en veillant sur la propriété.

*

Ce soir-là, au cours du dîner, Emily aborda le sujet sans détour.

— La famille ne te manque pas, grand-mère ?

— Pas au point de me donner l'envie de déménager, rétorqua fermement la vieille dame.

— Mais si quelqu'un s'installait à Belvoir, tu y verrais une objection ?

— Cela dépendrait de la personne, tu le sais bien, répliqua Monique avec un sourire.

Comme si la question se posait !

— Tu sais, cela fait un moment que j'ai envie de changement, reprit la jeune femme. Les hivers sont longs à Boston.

— Et ton entreprise ? Ne me dis pas que tu envisages de la laisser tomber pour t'occuper de moi ! A moins que tu ne lorgnes sur mon héritage.

Emily secoua la tête en riant.

— Je n'ai ni envie, ni besoin de ton argent, grand-mère. En revanche, j'aimerais profiter de ta compagnie. Jusqu'à ce matin, je ne m'étais pas rendu compte à quel point tu m'avais manqué.

— Ma porte a toujours été grande ouverte pour toi, ma chérie. C'est toi qui as choisi de garder tes distances.

— Eh bien, je veux rattraper le temps perdu, si cela ne t'ennuie pas de m'héberger quelque temps.

Une larme glissa lentement sur la joue ridée de Monique, qui la sécha furtivement avant de redresser la tête.

— Tu sais bien que non.

Plus tard, lorsque la table fut débarrassée et le thé servi, Monique alluma une cigarette.

— Comment vas-tu gérer ton entreprise si tu t'installes ici, Emily Jane ? Quelqu'un peut-il s'en occuper pendant ton absence ?

— Une de mes amies me supplie depuis plus d'un an de la prendre comme associée. Si je lui propose de racheter l'affaire, elle va sauter au plafond.

— Ton travail ne te manquera pas ?

— Je créerai une autre société ici. J'adore les défis et cela m'amuse d'être mon propre patron.

— C'est tout à ton honneur, mais ce n'est pas le travail qui réchauffe quand on se glisse dans son lit le soir. Ton grand-père a beau être mort depuis dix-sept ans, il ne s'écoule pas un jour sans que je regrette son absence.

— Parce que ton mariage a été une réussite. Pour ma part, j'ai fait une croix sur la vie de couple.

Monique tira sur sa cigarette et considéra sa petite-fille à travers un nuage de fumée.

— Il n'est pas normal d'afficher une telle indifférence à l'égard des hommes à ton âge. Je me demande si tu ne me caches pas quelque chose. Y aurait-il un secret dans ta vie ?

— Non.

Emily venait de proférer un mensonge éhonté. Depuis qu'elle savait que Lucas Flynn était veuf, son cœur s'affolait dès qu'elle songeait à lui.

Gênée par le regard pensif de sa grand-mère rivé sur elle, Emily changea de sujet.

— Ton médecin sait-il que tu fumes, grand-mère ?

— Naturellement !

— Et il n'y voit aucune objection ?

— Il sait qu'il vaut mieux se taire quand il pressent que ses conseils seront mal accueillis.

— Voyons, grand-mère. Le tabac est extrêmement néfaste.

— Si tu t'es mis en tête de régimenter mon existence et de m'empêcher de mener ma vie à ma guise, je te conseille de repartir tout de suite pour Boston !

— Je m'inquiète pour ta santé, c'est tout.

— A mon âge, la santé importe peu. En revanche, il est capital de profiter des derniers plaisirs avant qu'il soit trop tard. Voilà pourquoi je reste à Belvoir et pourquoi je fume quand j'en ai envie.

Comme pour souligner ces propos, Monique tira une nouvelle bouffée de sa cigarette.

— Tu as l'air épuisé, ma chérie. Ne te sens pas obligée de veiller pour me tenir compagnie.

— Cela m'ennuie de te laisser seule.

— Pourquoi ? J'en ai l'habitude, et je dors très peu maintenant. Je t'ai fait installer dans la chambre de la tour. Consuela s'est donné beaucoup de mal pour la préparer.

Etouffant un bâillement, Emily ferma brièvement les yeux. La journée avait été longue et le décalage horaire entre le Massachusetts et la Californie se faisait sentir.

— Bon. Il vaut mieux que je me couche de bonne heure, en effet.

— Va ! ordonna Monique. Et demain, épargne-moi ta sollicitude. Ça risque de devenir pesant à la longue.

⁂

Lorsqu'elle franchit le seuil de son ancienne chambre, il sembla à Emily qu'elle avait pénétré dans une machine à remonter le temps.

En apparence, rien n'avait changé. Les lambris de bois recouverts de peinture claire, le lit ancien, avec son couvre-lit brodé, ainsi que la psyché se trouvaient toujours à la même place, comme pour proclamer l'immuabilité des choses. Mais ce furent surtout les odeurs qui ravivèrent pour elle le passé : les sels de bain parfumés au gardénia, les draps de popeline blanche amidonnés, l'effluve discret de patchouli qui imprégnait les rideaux de soie, toutes ces fragrances la ramenèrent dix ans en arrière.

La senteur de l'air nocturne qui s'infiltrait par les fenêtres entrouvertes l'entraîna plus loin encore dans le passé. Un rayon de lune illuminait le coude de la rivière en contrebas, là où se dressait Roscommon. A dix-neuf ans, quand elle tremblait d'amour pour Lucas, c'est là qu'elle se postait pour guetter l'instant où la fenêtre de son bien-aimé s'éclairerait.

Si elle avait su qu'il vivait là, elle ne serait pas revenue. Mais à présent, il était trop tard pour faire marche arrière.

Malgré elle, ses yeux allèrent se poser là où une brèche à travers les arbres permettait de distinguer le pignon qui surmontait la chambre de Lucas.

Comme si le simple fait d'avoir tourné la tête actionnait quelque ressort secret, un rai de lumière perça soudain les ténèbres, aussi éclatant que ses espoirs l'avaient été dix ans auparavant.

Les souvenirs submergèrent alors Emily. Des images violentes, irrépressibles, douloureuses se succédèrent dans son esprit pendant plusieurs minutes.

A dix-neuf ans, elle sortait du lycée, la tête pleine de rêves romantiques. Grâce à Lucas Flynn, elle avait mûri très vite.

Qu'importait qu'il soit là, après tout ! Il suffisait de l'ignorer, purement et simplement, et de consacrer tout son temps et son énergie à sa grand-mère.

Le souffle de la brise la tira de sa rêverie. Elle s'aperçut soudain qu'elle avait froid. Frissonnante, elle ferma les persiennes d'un geste rageur.

Lucas éteignit l'ordinateur peu après minuit. A quoi bon s'acharner à retranscrire les données de ses dernières expériences quand ses pensées s'égaraient à tout instant vers le passé ?

Bien souvent, il avait constaté l'étonnante capacité du cerveau humain à communiquer avec un autre, indépendamment du temps ou de la distance qui les séparaient. Solidement ancrée dans la réalité, Sydney se moquait de lui à l'époque, affirmant que ce qu'il prenait pour de la télépathie n'était autre qu'une sorte de flair, aiguisé par des années de pratique médicale. Une opinion qu'il ne partageait pas. Ce genre d'instinct, selon lui, ne s'enseignait pas : on le possédait d'emblée, ou on l'ignorait à jamais.

Quand sa grand-mère avait mentionné l'arrivée d'un membre de la famille Lamartine à Belvoir, il avait immédiatement deviné qu'il s'agissait d'Emily Jane. Depuis, il ne parvenait plus à se concentrer sur son travail.

Il alla s'accouder à la fenêtre et contempla l'obscurité. Rien ne troublait la sérénité de cette nuit parfaite, comme il n'en existe qu'au début de l'été.

Dans le jardin, le magnolia venait de perdre ses fleurs et celles-ci formaient un tapis blanc tout autour. Le parfum de l'héliotrope montait jusqu'à lui, doux et entêtant. Une fragance qui l'avait obsédé en Afrique, quand l'odeur de la mort imprégnait l'atmosphère... Au-dessus de lui, les étoiles se détachaient contre le velours du ciel, si proches qu'il semblait possible d'en cueillir une pleine poignée en tendant simplement la main.

Il avait pris la bonne décision en revenant. Ici, au moins, il se sentait chez lui. Après l'enfer de l'Afrique, Roscommon avait des allures de paradis. Ce lieu le rattachait à son enfance, à son adolescence, à ses premières émotions d'homme. Là seulement, il parvenait à effacer de sa mémoire la misère de ce pays oublié de Dieu, de l'autre côté du monde.

Las de ces souvenirs lancinants qui le harcelaient, il fit quelques mouvements de tête pour assouplir ses vertèbres fatiguées. A trente-six ans, il ne nourrissait plus guère d'illusions sur le monde et les hommes et n'aspirait plus qu'à la relative tranquillité de la recherche. Pour rien au monde il ne voulait raviver ses erreurs de jeunesse, surtout celles qui concernaient Emily. D'ailleurs, il n'y avait aucune raison pour que leurs routes se croisent de nouveau.

Rasséréné, il inspira une dernière fois pour emplir ses poumons de l'air nocturne et se figea. Un élément étranger troublait la pureté de la nuit, une odeur un peu âcre.

Eteignant la lampe, il fouilla les ténèbres du regard. En bas, la rivière déroulait son flot paisible. Plus haut, la lune poursuivait sa course au-dessus des arbres qui marquaient la séparation entre Roscommon et Belvoir. Rien...

Il s'apprêtait à refermer la fenêtre lorsqu'une lueur apparut à travers les arbres, si brève qu'il faillit ne pas la remarquer. Un instant plus tard, elle réapparut.

Incrédule, il laissa s'écouler quelques secondes avant de se ruer vers la porte en hurlant pour réveiller Béatrice.

Belvoir était en flammes ! Il fallait intervenir !

Dans son affolement, une pensée fugitive lui traversa l'esprit : s'il ne se trompait pas, il allait être impossible d'ignorer davantage Emily.

2.

Emily émergea péniblement d'un lourd sommeil. Une odeur âcre lui piquait la gorge et des cris de détresse s'élevaient quelque part dans la maison.

Les sens soudain en alerte, elle bondit vers la porte qu'elle ouvrit à toute volée. Ses craintes se confirmèrent lorsqu'elle vit l'écran de fumée bleuâtre qui lui masquait l'escalier.

— Grand-mère ! Consuela ! hurla-t-elle, affolée.

Ne recevant pas de réponse, elle se rua vers la chambre de Monique. Personne ! Le lit était vide. Cette vision la terrifia. Par où commencer les recherches dans une maison qui comportait dix pièces à chaque étage ?

Un gémissement d'impuissance lui échappa, si faible qu'elle reconnut à peine sa propre voix. Paralysée de terreur, elle vit Consuela arriver en catastrophe du second.

— Seigneur ! s'écria la gouvernante. C'est Madame ! Elle a encore...

D'un geste, Emily lui imposa le silence. Les flammes se joignaient à la fumée maintenant. Il fallait réagir, et vite !

— Grand-mère n'est pas dans sa chambre, Consuela. Sais-tu où elle...

Avant qu'elle puisse achever sa phrase, un cri leur parvint du rez-de-chaussée.

— Elle est en bas ! s'exclama la gouvernante. Quand

elle ne peut pas dormir, Madame se promène dans la maison.

Sans égard pour l'âge avancé de Consuela, Emily guida cette dernière manu militari vers l'escalier : la vie de sa grand-mère ne tenait qu'à un fil.

La descente fut un véritable enfer. La fumée, de plus en plus épaisse, envahissait la cage d'escalier, aveuglante, suffocante. Chaque pas exigeait des efforts inouïs. Au prix d'un miracle, les deux femmes parvinrent enfin en bas.

Mais au lieu du marbre italien du hall d'entrée, ce fut un corps inanimé qu'Emily sentit sous son pied en descendant la dernière marche.

Un hurlement lui échappa. Au même instant, la porte d'entrée s'ouvrit et deux voix masculines retentirent.

Une main ferme agrippa Emily, un bras se glissa autour de sa taille pour la soutenir et la guider vers le jardin, où elle s'effondra sur la pelouse tout en inspirant puissamment l'air nocturne. Puis elle suivit des yeux la haute silhouette de Lucas qui repartait à l'intérieur. Elle réapparut quelques instants plus tard. Lucas portait Monique dans les bras. Emily se précipita vers eux.

Elle n'adressa pas la parole à Lucas. Ensemble, ils fixaient la silhouette prostrée de la vieille dame, qui se mit soudain à inspirer bruyamment, au grand soulagement d'Emily. Lucas se tourna alors vers l'autre sauveteur, un homme très grand et carré, qui soutenait Consuela.

— Venez ici ! lança-t-il.

Puis son regard bleu se posa sur Emily. Une étrange lueur le traversa alors, étincelle brûlante et fugitive qui s'estompa aussitôt.

— Il n'y a plus personne à l'intérieur ? s'enquit Lucas.

Enserrant de la main sa gorge douloureuse, Emily secoua la tête.

— Pas d'animaux ?

La jeune femme se figea. Comment avait-elle pu oublier Robespierre ?

— Si, le chat.

— Il passe toujours la nuit dehors, déclara Consuela.

— Où se trouve le tuyau d'arrosage ? intervint alors le sauveteur inconnu. L'incendie semble confiné à une seule pièce. Je vais essayer de le maîtriser.

— Jouer les héros ne nous avancera pas à grand-chose et vous risquez de ne pas en sortir indemne, objecta Lucas d'un ton sec. Ma grand-mère s'est chargée d'appeler les pompiers. Ils ne devraient pas tarder à arriver.

— Il n'y a aucun risque à casser une vitre et à arroser de l'extérieur, insista l'autre. Il serait dommage de laisser des souvenirs de famille partir en fumée sans réagir.

— Comme vous voudrez, marmonna Lucas, qui parut se désintéresser du problème et se baissa pour prendre le pouls de Monique.

Sur les indications de Consuela, l'autre homme se dirigea vers l'endroit où se trouvait le tuyau. Lucas, lui, demeura accroupi près de la vieille dame, dont il tenait le poignet, le regard perdu dans le vague. Sans réfléchir, Emily lui posa la main sur le bras. Un tel frisson la parcourut alors qu'elle la retira aussitôt.

— Comment va-t-elle ? interrogea-t-elle d'une voix tremblante.

D'un mouvement de tête, il désigna Consuela qui toussait encore.

— A première vue, mieux que vous deux.

— Comment est-ce possible, puisqu'elle s'est évanouie dans le hall ?

— Justement ! Comme la fumée monte, elle en a inhalé beaucoup moins que vous.

Monique choisit cet instant pour reprendre conscience.

— Je ne me suis pas évanouie, déclara-t-elle avec une parfaite mauvaise foi. J'ai fait un faux pas et je suis tombée, voilà tout.

— Comment vous sentez-vous ? demanda Lucas.

— Très mal. Et si vous étiez un médecin digne de ce nom, vous le sauriez sans avoir besoin de me poser la question.

Nullement décontenancé par cette agressivité, Lucas lui palpa la nuque et les bras.

— Quelle est l'origine de l'incendie, à votre avis ?

— Aucune idée, rétorqua Monique, glaciale.

— Cela s'est passé exactement comme l'autre fois, déclara Consuela. Vous...

— Comment pouvez-vous le savoir alors que vous ronfliez si fort que je ne pouvais pas dormir ? coupa la vieille dame d'un ton acerbe.

A cet instant, la grand-mère de Lucas fit irruption entre les arbres. Béatrice Flynn était vêtue d'une magnifique robe de chambre de brocart. Ses longs cheveux étaient tressés en une natte impeccable. Le faisceau de sa lampe torche balaya le petit groupe.

— Remerciez le ciel que Lucas soit arrivé à temps ! s'exclama-t-elle d'une voix où perçait l'émotion. Vous auriez pu brûler vives dans vos lits toutes les trois.

Monique lui lança un coup d'œil dépourvu de bienveillance.

— Vous êtes déçue que ce ne soit pas arrivé, j'imagine.

— Dispensez-nous de vos insinuations, Monique. Je ne souhaite la mort de personne, même pas la vôtre.

L'arrivée des pompiers et des ambulances interrompit l'échange de propos aigres-doux des deux douairières.

— Trois blessés légers, déclara Lucas aux infirmiers pendant que le capitaine des pompiers déployait ses troupes. La plus âgée a subi une crise cardiaque récemment, les deux autres souffrent d'une légère gêne respiratoire à cause de la fumée. Une nuit à l'hôpital et il n'y paraîtra plus.

Monique se redressa de toute sa hauteur.

— Je n'ai aucun besoin d'être hospitalisée. En revanche, emmenez Consuela. Elle souffle comme une locomotive.

— Après le traumatisme que vous venez de subir, il vous faut un examen approfondi, déclara Lucas.

— Vous vous en êtes déjà chargé, non ?

— Vous bénéficieriez de soins plus complets à l'hôpital.

D'un geste, Monique balaya les arguments de Lucas.

— Pas question. Je suis ici chez moi et j'y reste.

— Mais vous savez bien que ce n'est pas possible ! riposta Lucas avec une pointe d'impatience. Le feu a fait de tels dégâts que vous n'aurez plus de toit pour un bon moment, je vous signale.

— Il a raison, grand-mère, intervint Emily. Nous allons appeler un taxi et réserver une chambre dans un hôtel. Demain je préviendrai la famille pour que tu ailles t'installer chez...

— Sûrement pas ! rétorqua Monique avec une vigueur étonnante. Si tu comptes te servir de ce déplorable incident pour m'obliger à quitter April Water, tu peux repartir sur-le-champ.

— Dans ce cas, elle logera chez moi, décréta Béatrice. L'invitation vaut également pour vous, Monique, même si vous ne la méritez guère. J'espère que je ne serai pas aussi aigrie que vous quand j'atteindrai votre âge.

— Vous l'avez déjà !

Tournant les talons, Béatrice lança par-dessus son épaule :

— Je refuse de perdre mon temps en vaines arguties. Si ma maison ne vous convient pas, dormez à la belle étoile et faites de beaux rêves ! Quant à toi, Emily Jane, si tu acceptes ma proposition, tu connais le chemin.

Elle atteignait la limite entre les deux propriétés lorsque Monique se décida à intervenir.

— Je n'ai jamais dit que votre maison ne me convenait pas !

Béatrice revint sur ses pas.

— Cela signifie-t-il que je dois vous préparer une chambre ?

Une profonde jubilation se lisait sur son visage. Ravalant sa fierté, Monique répliqua d'une voix étranglée :

— Vous savez très bien que je n'ai pas le choix.

— Lucas, va chercher la voiture pour éviter à cette pauvre Monique une fatigue supplémentaire, lança Béatrice à son petit-fils.

— Tout de suite, Gran.

Lucas posa un bref instant les yeux sur Emily, puis tourna les talons et s'enfonça dans la profondeur du parc.

Après s'être offert un long bain parfumé, Emily enfila la chemise de nuit d'un autre âge que Béatrice avait préparée sur le lit.

Elle sortait de la salle de bains, les cheveux enveloppés dans une serviette, lorsqu'on frappa à la porte.

— Tu es déjà couchée, Emily Jane ? demanda la voix de Béatrice.

— Pas encore. Entrez, je vous en prie.

La tête de la vieille dame apparut dans l'entrebâillement.

— Je ne veux pas te déranger, mais je tiens à m'assurer que tu ne manques de rien. J'ai préparé du chocolat chaud. Si tu veux, je vais t'en monter une tasse.

— Sûrement pas. J'ai beau ne pas être venue depuis dix ans, je connais encore le chemin de la cuisine. Nous vous avons suffisamment dérangée comme ça ce soir. Allez vous coucher, sinon vous serez encore debout à l'aube.

Béatrice serra affectueusement les mains d'Emily dans les siennes.

— Merci, Emily. Je suis contente que tu sois revenue. Tu m'as manqué, tu sais. Ne laisse pas s'écouler encore onze ans avant de te manifester de nouveau.

Touchée par la sincérité de ces paroles, qui venaient du fond du cœur, Emily sentit ses yeux s'embuer.

— Vous avez toujours été si gentille pour nous malgré...

Béatrice l'interrompit d'une pression de la main.

— Les querelles de deux vieilles dames ne concernent pas leurs petits-enfants. Allez, je te laisse! Dors aussi longtemps que tu le voudras, ajouta-t-elle en l'embrassant affectueusement.

Emily se coucha dès que la vieille dame fut sortie, mais elle ne parvint pas à trouver le sommeil. Découragée, elle résolut d'aller boire un verre de lait. Un silence paisible enveloppait la maison.

Mis à part un four à micro-ondes et un lave-vaisselle, aucun changement notable n'était intervenu dans la cuisine. La grande table en pin occupait toujours le centre de la pièce et les mêmes casseroles en cuivre ornaient les murs.

Perdue dans ses pensées, la jeune femme ne remarqua la présence de Lucas qu'en apercevant son reflet dans le chrome rutilant de la thermos. Trop tard, hélas, pour prétendre ne pas l'avoir vu ! Trop tard surtout pour se préparer à ce premier face-à-face depuis cette nuit où elle s'était glissée dans son lit pour le séduire, dix ans auparavant.

Ils se contemplèrent en silence. Il semblait distant, elle se sentait fascinée.

Gênée, elle ne put s'empêcher de dévorer des yeux chaque trait de ce visage qu'elle n'avait jamais pu oublier. Dans la lumière crue de la cuisine, elle y discernait quelques rides que la pénombre de la nuit lui avait masquées tout à l'heure. Curieusement, ces signes de vieillissement accentuaient son charme et il lui parut encore plus beau qu'à vingt-cinq ans. D'épaisses boucles noires, indisciplinées, retombaient toujours sur son front, mais quelques fils d'argent les striaient à présent. Quant à sa bouche, elle avait gardé son pli narquois, ce qui ne l'empêchait pas d'inviter au baiser, à l'amour, à l'abandon... Ah, sentir la caresse, la chaleur de ces lèvres, une fois, rien qu'une fois...

Affolée par le cours que prenaient ses pensées, Emily se ressaisit et déclara d'un ton sec :

— Si j'avais su que tu serais là...

— Tu serais restée dans ta chambre, je sais, acheva-t-il avec un haussement d'épaules. Je pourrais dire la même chose, mais à quoi bon ? Tu es là, je suis là et, que cela nous plaise ou non, nous ne pouvons pas nous ignorer.

La chemise déboutonnée de Lucas révélait un torse à la musculature impressionnante. Le regard d'Emily erra sur cette peau hâlée dont la souplesse veloutée l'avait jadis enivrée. Mille souvenirs affluèrent, troublants, grisants. Mal à l'aise, elle baissa les yeux.

— Je suis désolée de te déranger encore, murmura-t-elle. Nous t'avons déjà obligé à sortir en catastrophe de ton lit au beau milieu de la nuit...

— Ne t'en fais pas pour ça. Il est rare que je me couche avant une ou deux heures du matin.

Pourtant, se souvint-elle, il dormait à poings fermés la nuit où elle l'avait rejoint en catimini dans sa chambre. Avec quel émerveillement elle avait ôté le drap qui recouvrait son corps magnifique ! Ensuite...

Les joues en feu, elle se dirigea vers le réfrigérateur et saisit une bouteille de lait. Elle s'en versa un verre d'une main tremblante.

Le pire était passé, se dit-elle, s'efforçant de se rassurer. Ils s'étaient regardés, avaient même échangé quelques mots et elle avait survécu. Il fallait simplement qu'elle batte en retraite à présent, avant que les souvenirs ne viennent de nouveau la torturer.

— Comment vas-tu, Emily ?

La jeune femme tressaillit en percevant la voix masculine toute proche. Il s'était approché et se tenait juste derrière elle. Trop près, beaucoup trop près...

— Très bien, merci.
— Et ton mari ?
— Mon mari ?
Il esquissa un bref sourire.
— L'homme que tu as épousé.
— Je... euh... il va bien.
Mieux valait passer sous silence l'échec de ce lamentable mariage, se dit-elle. De toute façon, Lucas se moquait de ce qui pouvait lui arriver. S'il l'interrogeait, c'était par pure politesse.
— J'ai été désolée pour toi quand j'ai appris la mort de ta femme, hasarda-t-elle.
Un nouveau haussement d'épaules salua cette remarque.
— Cela fait partie des aléas de la vie.
— Quel détachement ! A t'entendre, on a l'impression qu'il s'agit d'un fait banal !
Une moue irritée apparut sur le visage de Lucas.
— Si tu attends que je justifie mon comportement, tu perds ton temps, Emily Jane.
— Comme si tu avais jamais éprouvé le besoin de te justifier de quoi que ce soit devant moi !
Les mots lui avaient échappé, lourds de reproche et d'amertume. Ressusciter le passé était bien la dernière chose à faire, d'autant qu'elle avait été la seule fautive dans cette histoire. Jouer les femmes bafouées n'était pas très adroit.
Lucas soupira.
— J'espérais que tu aurais mis cet épisode aux oubliettes. Mais apparemment, ce n'est pas le cas. Je ne comprends pas pourquoi tu t'accroches à ce souvenir.
Emily se mordit la lèvre. Cet homme avait décidément le don de la faire souffrir ! Evidemment, comment pouvait-il comprendre ? Ce n'était pas lui qui avait offert son cœur pour se voir rejeté avec brutalité ! Et puis, il ignorait tout de sa fausse couche et de cette cicatrice indélébile qu'elle porterait à jamais au fond d'elle-même.

Le cœur léger, il avait épousé la femme qu'il avait choisie, laissant Emily seule face à sa culpabilité et à son chagrin. Il n'y avait rien à lui reprocher vraiment, et pourtant, elle lui en voulait amèrement.

— Tu te trompes, Lucas. C'est la première fois que j'y pense depuis des années.

— Dans ce cas, j'imagine que tu as été heureuse.

— Qu'est-ce que cela peut bien te faire?

Une lueur exaspérée traversa le regard bleu de Lucas.

— Nous étions très proches, autrefois, non? Un peu comme un frère et une sœur. Il serait dommage qu'une erreur de jeunesse efface tous ces bons moments que nous avons passés ensemble. Rien de ce qui te concerne ne me laisse indifférent.

Tout comme la couleur du ciel ou le temps qu'il va faire! Elle ne voulait pas de son affection, pas plus qu'elle ne souhaitait réveiller les souvenirs de l'époque où ils s'entendaient à merveille. Ah, comme elle souhaitait pouvoir s'échapper tout à coup, se réfugier dans la solitude de sa chambre! Peut-être parviendrait-elle ainsi à surmonter le désarroi qui s'emparait d'elle et s'amplifiait à mesure qu'elle prenait conscience du pouvoir qu'il détenait encore sur elle?

— Eh bien, je suis très heureuse, et très fatiguée aussi, dit-elle en se dirigeant vers la porte. Merci de nous avoir porté secours ce soir. Etant donné les circonstances, c'était magnanime de ta part.

— Je ne pouvais tout de même pas vous laisser brûler vives! Je te rappelle que j'ai prêté le serment d'Hippocrate. En tant que médecin, je me dois de préserver et d'honorer la vie humaine.

— Je l'avais oublié. Mais rassure-toi, nous ne t'importunerons plus.

⁂

Tôt dans la matinée, Emily se rendit à Belvoir pour y chercher quelques affaires et mesurer l'étendue des dégâts. Le salon était entièrement détruit, les meubles calcinés et un mur porteur avait été endommagé. Il serait impossible de réintégrer la maison avant plusieurs semaines. Elle songea à Monique, qui risquait de prendre fort mal la chose.

Lorsqu'elle regagna Roscommon, Lucas était dans le salon avec Monique, dont il examinait le genou droit. Celui-ci avait doublé de volume depuis la veille.

— Estimez-vous heureuse d'avoir évité la fracture du col du fémur, déclara-t-il. Si vous aviez accepté de vous rendre à l'hôpital hier soir, vous auriez été soignée à temps.

— Puisque vous êtes médecin, vous n'avez qu'à vous en charger vous-même.

— Il faudrait faire des radios.

— Vous parlez d'un docteur ! grommela Monique. Je ne m'étonne plus que vous ayez abandonné la pratique.

Emily jugea urgent d'intervenir.

— Je te déposerai à l'hôpital en allant y chercher Consuela, grand-mère. Et pendant qu'on s'occupera de toi, j'irai à l'hôtel réserver une suite.

— Ce ne sera pas nécessaire, s'exclama Béatrice qui venait d'entrer. Roscommon est bien assez grand pour nous tous.

— Nous ne voulons pas nous imposer davantage, fit Monique.

— Avec l'été qui approche, l'hôtel doit afficher complet, observa Béatrice. Je vois mal qui pourra vous héberger à part moi. A moins que vous ne préfériez le camping !

— Appelle un taxi, Emily Jane, ordonna Monique en ignorant l'intervention de son hôtesse. Nous n'avons pas de temps à perdre.

— Je vais vous accompagner, déclara Lucas. Je dois me rendre en ville. Soyez prêtes dans une demi-heure.

⁂

A l'hôpital, le médecin qui suivait Monique depuis sa crise cardiaque donna immédiatement des instructions pour que sa patiente subisse des examens approfondis. Plaçant d'autorité Monique sur une chaise roulante, il la confia à une infirmière qui l'emmena vers le centre de radiologie.

— A moins d'un imprévu, vous pourrez la reprendre dans trois heures, lança-t-il avant de s'éclipser.

— Je te laisse, dit aussitôt Lucas à Emily. Rendez-vous ici vers 2 heures.

Sans autre commentaire, il tourna les talons et disparut.

Le cœur lourd, Emily alla voir Consuela dans la chambre d'hôpital où elle avait passé la nuit. Elle semblait avoir bien récupéré et était fin prête pour partir. Lorsque Emily lui annonça que Belvoir serait inhabitable durant plusieurs semaines, la vieille gouvernante accueillit la nouvelle avec enthousiasme.

— Cela tombe bien ! Voilà des mois que ma belle-sœur me supplie de lui rendre visite ! Elle n'habite pas très loin d'ici, comme cela, si Madame a besoin de moi, je pourrai revenir tout de suite.

Quelques minutes plus tard, pendant qu'elles attendaient l'ascenseur pour regagner le hall, Consuela murmura sur le ton de la confidence :

— Madame ne le reconnaîtra jamais, mais c'est elle qui a provoqué l'incendie avec une cigarette. Elle s'endort souvent dans un fauteuil, une cigarette allumée à la main. J'ai déjà évité le désastre plusieurs fois, mais pas hier, hélas...

— Pauvre Consuela ! Tu n'as plus l'âge de supporter seule le poids d'une telle surveillance. Quand Belvoir sera en état, il faudra engager quelqu'un pour t'épauler. En attendant, je vais m'installer à l'hôtel avec grand-mère.

L'unique hôtel d'April Water ne pouvait les héberger que deux jours. Ensuite, toutes les chambres étaient réservées jusqu'à la fin de la saison. Les pensions affichaient également complet ; quant au camping, il n'en était pas question.

Elles n'avaient donc pas d'autre choix que d'accepter l'hospitalité de Béatrice.

La perspective de s'attabler trois fois par jour en face de Lucas emplit Emily d'un extrême désarroi. Non, c'était impossible. Il fallait trouver une autre solution.

3.

Consuela voulut téléphoner immédiatement à sa belle-sœur. Celle-ci lui proposa de venir sans tarder, et Emily enjoignit la vieille femme d'accepter l'invitation. Après tout, elle avait bien mérité quelques jours, voire quelques semaines, de congé, et il fallait profiter du fait qu'Emily était là pour s'occuper de Monique. Les deux femmes prirent donc un taxi pour se rendre à la gare. Un train partait le quart d'heure suivant pour la ville où se rendait Consuela. Elle remercia chaleureusement la jeune femme. Celle-ci résolut de reprendre à pied le chemin de l'hôpital.

La première personne qu'elle rencontra en sortant de la gare fut Lucas. Il venait de la poste située en face et avançait, le nez plongé dans un volumineux paquet de lettres, si absorbé par sa lecture qu'il faillit heurter la jeune femme de plein fouet.

— Excusez-moi, marmonna-t-il d'un ton absent en relevant la tête.

Il sursauta lorsqu'il reconnut Emily. L'espace d'une fraction de seconde, elle eut l'impression de revivre le jour où elle était tombée amoureuse de lui. Là aussi, elle avait failli tomber. Les événements s'étaient alors enchaînés, un baiser en avait amené un autre et elle y avait vu une déclaration d'amour éternel. Une conclusion que, dans son effarante naïveté, elle avait été la seule à tirer.

Un bref sourire éclaira le visage de Lucas.

— Heureusement qu'il ne s'agissait pas de ta grand-mère. Elle aurait été capable de m'intenter un procès pour voies de fait. As-tu trouvé à vous loger à l'hôtel ?

— Non.

Le trouble qui avait envahi Emily lui interdisait toute réponse moins laconique. Etait-il permis d'être si beau ? se demandait la jeune femme. Avait-on le droit de posséder une silhouette aussi athlétique quand on était médecin ? A croire qu'il avait passé ces onze années dans une salle de musculation et non dans un village perdu au fin fond de l'Afrique. Pourquoi affichait-il cette santé insolente, quand il aurait dû avoir le dos voûté et la peau desséchée par un climat torride ? Pourquoi ses yeux bleus conservaient-ils cette intensité profonde, quand ils auraient dû pâlir à force de se plisser pour se préserver du soleil ? Hélas, même affublé d'un vieux jean, Lucas paraissait plus séduisant que jamais, dégageant la même virilité nonchalante et pleine de grâce qu'autrefois.

— Comment ça ?

— Béatrice avait raison. L'hôtel est complet jusqu'en septembre.

— Cela vaut mieux pour Monique. Elle doit avoir les ligaments assez endommagés et elle ne va pas pouvoir poser le pied par terre avant une ou deux semaines. Avec son tempérament, je la vois mal confinée dans une chambre d'hôtel plus d'une journée.

— A propos de grand-mère, je suis désolée qu'elle soit aussi désagréable avec vous, murmura Emily, gênée. Elle a horreur de ne pas maîtriser les événements. Entre sa crise cardiaque, ses forces qui déclinent et ce problème au genou, elle voit disparaître son indépendance et s'en prend à tout le monde.

Il se mit à rire.

— Autant s'y habituer, puisque nous allons cohabiter un certain temps.

— Cohabiter... ?

— Tu vois une autre solution ?

— Eh bien... euh... à vrai dire, non. Mais je ne désespère pas d'en trouver une.

— Laquelle ? Monique refuse de quitter April Water ! De toute façon, aucun médecin ne l'autorisera à se déplacer dans son état. Elle est beaucoup plus fragile qu'il n'y paraît, tu sais. Dans ces conditions, il ne vous reste que Roscommon.

La mine consternée d'Emily lui arracha un sourire.

— Ne fais pas cette tête-là ! Même si Monique n'est pas chez elle, c'est probablement l'endroit qui lui conviendra le mieux. Elle pourra surveiller les travaux de réparation de Belvoir, critiquer les ouvriers à loisir et, détail non négligeable, elle fournira à ma grand-mère un autre souffre-douleur que moi.

Malgré ce raisonnement d'une logique imparable, Emily ne put se résoudre à abaisser les armes.

— Cela va être très dur, murmura-t-elle, de dormir sous le même toit. Tu ne crois pas ?

Le regard de Lucas se durcit.

— Un homme averti en vaut deux. Je fermerai ma porte à clé, c'est tout...

Emily eut la sensation qu'on lui enfonçait un poignard en plein cœur. Comment pouvait-il se montrer aussi cruel ? Mortifiée, elle jeta un regard noir à son interlocuteur avant de s'élancer sur la chaussée, les yeux noyés de larmes.

Un concert d'avertisseurs s'éleva aussitôt. Elle entendit des crissements de freins et le pare-chocs d'une voiture apparut à quelques centimètres à peine.

« Je vais mourir », pensa-t-elle alors, l'espace d'une fraction de seconde, avant de se demander qui s'occuperait de Monique quand elle ne serait plus là.

Mais déjà, une main puissante l'agrippait par le col de sa veste et l'attirait brutalement sur le trottoir. En un clin d'œil, elle se retrouva plaquée contre Lucas. Leurs deux corps se moulaient étroitement.

Emily se trompait-elle, ou Lucas la serrait-il contre lui ? Elle leva les yeux vers le visage hâlé de son ami d'enfance. Celui-ci l'observait. L'intensité de son expression fit à Emily l'effet d'une décharge électrique et le brusque désir de s'abandonner au réconfort de ses bras vigoureux s'empara d'elle.

Non, songea-t-elle. Il fallait se reprendre. D'un mouvement résolu, elle se dégagea sans quitter des yeux le visage de Lucas, qui se chargea soudain de reproches.

— La prochaine fois que tu voudras me faire comprendre que j'ai dépassé les bornes, dis-le-moi en face, au lieu de te jeter sous les roues des voitures ! lui lança-t-il.

Il n'aurait jamais dû parler de clé... A peine avait-il prononcé ces paroles qu'il les regrettait déjà. Il avait vu Emily blêmir, tandis qu'une souffrance indéfinissable voilait ses yeux bruns si expressifs. Il avait voulu lui présenter ses excuses, mais elle ne lui en avait pas laissé le temps et s'était précipitée tête baissée sur la chaussée.

A son grand soulagement, la jeune femme n'avait pas semblé voir à quel point cet incident l'avait secoué. Elle gardait les yeux baissés à présent. Il détourna la tête.

— Lucas ?

La voix douce le ramena sur terre. Emily le contemplait en se frottant la nuque.

— Je t'ai fait mal ? demanda-t-il pour briser le silence.

— Non, ça va. Tu sais, je pense à notre... à notre cohabitation. Nous n'arriverons jamais à nous entendre si nos relations continuent d'être aussi tendues.

— Si nous discutions de cela à table ? Il nous reste deux heures à tuer avant d'aller chercher ta grand-mère. Profitons-en pour déjeuner. Je t'invite au restaurant.

— Je n'ai pas faim.

Elle était encore très pâle et son visage crispé reflétait une vive appréhension, comme si les embûches qu'elle entrevoyait lui semblaient insurmontables.

— Dans ce cas, tu me regarderas manger. Si nous voulons assainir l'atmosphère, il me semble urgent de tirer les choses au clair.

— Comme tu voudras.

Une cour intérieure emplie d'une profusion de fleurs et de plantes vertes donnait au restaurant choisi par Lucas une ambiance fraîche et raffinée à laquelle la jeune femme fut sensible. On leur attribua une table qu'ombrageait un large parasol. Ignorant la remarque d'Emily sur son absence d'appétit, Lucas commanda deux poissons grillés accompagnés de petits légumes, ainsi qu'une bouteille de rosé.

— Qui commence? dit-il après le départ du serveur. Toi ou moi?

— Toi, répondit la jeune femme sans hésiter.

— Très bien.

Il saisit son verre et avala une gorgée de vin. Il fallait bien se donner du courage!

— A la façon dont je vois les choses, nous avons commis une regrettable erreur lors du dernier été que nous avons passé ensemble ici.

Emily secoua aussitôt la tête.

— Tu te trompes, Lucas. Tout a vraiment commencé l'été de mes quinze ans, quand tu m'as embrassée pour la première fois. Tu n'as pas oublié, si?

Mal à l'aise, Lucas contempla le fond de son verre. Si seulement il était capable de lui mentir en la regardant dans les yeux!

— Non, je n'ai pas oublié, murmura-t-il avec un soupir.

— Pourquoi m'as-tu embrassée ce jour-là, Lucas?

Il tenta de fouiller dans ses souvenirs, puis haussa les épaules.

— Je n'en sais rien, répondit-il. J'ai été le premier surpris. Jusque-là, je ne voyais aucune différence entre toi et tes cousines, avec tes couettes et tes grands yeux noisette. Tu étais la petite fille à qui j'avais appris à nager quand elle avait cinq ans. Et puis... tu as changé.

— Essaies-tu de m'imputer également la responsabilité de ce baiser ?

En un sens, oui, songea-t-il. Mais pouvait-il lui avouer qu'en un hiver, la fillette maigrichonne s'était muée en une délicieuse adolescente aux jambes interminables et aux rondeurs émouvantes ?

Deux de ses jeunes frères avaient eux aussi remarqué la métamorphose d'Emily. Leurs allusions douteuses avaient plus d'une fois donné envie à Lucas de les envoyer rouler sur le tapis. Réprimant ses pulsions, il filait alors dans sa chambre, où il se plongeait dans ses livres de médecine pour préparer son entrée en deuxième année.

— Non, tu n'y étais pour rien, répondit-il enfin.

— Tu me soulages ! Cet été-là a été le meilleur que j'aie jamais passé à Belvoir.

— Pour moi aussi.

Il disait vrai. Au fil des jours, la transformation d'Emily cessant de susciter les commentaires moqueurs de ses frères, la camaraderie entre les jeunes générations des deux maisons avait repris de plus belle.

— Cela a marqué la fin d'une époque, poursuivit-il. Ensuite, nous n'avons jamais retrouvé notre insoucian

Les yeux dans le vague, Emily murmura :

— Tu te rappelles nos baignades dans la rivière ? E les soirs où nous nous retrouvions autour d'un feu de camp ? Il n'y avait ni secrets ni arrière-pensées entre nous alors.

— Jusqu'à ce soir où je t'ai embrassée. C'était le dernier jour des vacances, je me souviens. Nous étions allés nous baigner après le dîner. Il faisait nuit et nous faisions un vacarme infernal.

— Ta grand-mère est sortie sur le perron en nous ordonnant de rentrer avant que nous soyons arrêtés pour tapage nocturne. Dans la bousculade qui a suivi, j'ai glissé dans les roseaux.

Lucas, qui se trouvait juste derrière elle, l'avait retenue et ses mains s'étaient attardées sur sa taille. Elle avait alors levé les yeux vers lui...

— C'est là que tu m'as embrassée.

— Oui.

D'autres filles avaient précédé Emily. Plus âgées, plus expérimentées. Avec elles, il ne s'était pas contenté d'un baiser. Mais aucune n'avait des lèvres au goût fruité, fraîches et douces comme la rosée. Et aucune n'avait jamais répondu avec cette sensualité ingénue, cette fougue innocente et grisante.

— Ensuite, tu as recommencé.

Lucas baissa les yeux. Cela avait été plus fort que lui. Il n'avait pu résister à la flambée de désir que suscitait ce corps juvénile qu'elle lui abandonnait. Puis, soudain, il s'était fait horreur — Emily n'avait que quinze ans et il la considérait comme une petite sœur. Il l'avait repoussée avec rudesse.

— Tiens! avait-il bougonné en lui tendant une serviette. La prochaine fois, fais attention où tu mets les pieds.

En face de lui, Emily le dévisageait intensément.

— Tu es parti le lendemain sans dire au revoir à personne.

— J'aurais mieux fait de m'en aller la veille!

— Etait-ce si désagréable de m'embrasser?

— C'était surtout immoral de ma part d'abuser de ta jeunesse.

— Il ne s'agissait que d'un baiser...

— Peut-être, mais si j'avais montré plus de retenue, tu n'aurais jamais cru... enfin, nous n'aurions jamais...

Exaspéré, Lucas reposa son verre, puis, avec un soupir, s'efforça de recouvrer son calme.

— Si j'avais eu le bon sens de maîtriser mon impulsion ce jour-là, nous ne serions pas devenus intimes quatre ans plus tard. Je ne te l'ai pas dit à l'époque, mais je regrette profondément la façon dont les choses ont tourné... et je me considère comme entièrement responsable.

Emily gardait le silence. Il se pencha vers elle et lui prit les mains.

— Mais tout cela, tu le sais déjà, n'est-ce pas, Emily Jane ?

C'en fut trop pour Emily. Ces yeux indigo fixés sur elle, ces doigts fermes qui enveloppaient les siens, l'atmosphère intime du restaurant... tout la mettait à la torture.

— Laisse tomber le Jane, répliqua-t-elle d'un ton sec. J'ai l'impression que tu me prends toujours pour la petite idiote insignifiante d'autrefois.

— Je ne t'ai jamais trouvée ni idiote ni insignifiante. C'est bien là le problème.

Cette réponse inattendue souleva en elle un espoir immense qu'elle se refusa à rejeter.

— Tu crois que les choses seraient différentes maintenant si...

Il lui lâcha brusquement les mains et se raidit comme s'il venait de découvrir un serpent venimeux dans son assiette.

— Mais non, pas du tout !

Blessée, Emily se mordit la lèvre, tout en maudissant sa propre naïveté.

— Dans ce cas, je te demanderai de t'expliquer plus clairement à l'avenir, et de cesser tes flatteries. Cela m'évitera de me méprendre sur tes intentions.

— Je ne te flatte pas. Je me contente de dire la vérité. Tu es trop lucide pour ignorer que tu es belle. Toutes les têtes se retournent sur ton passage quand tu te promènes dans la rue ! Parfois même, tu manques de provoquer des accidents de la circulation !

Il eut un sourire désarmant, puis se rembrunit et enchaîna.

— Pour en revenir à cet horrible secret qu'il y a entre nous, le plus sage serait de l'oublier une bonne fois pour toutes. Nous n'avons jamais éprouvé le moindre sentiment d'amour l'un pour l'autre, et nous n'en éprouverons jamais.

Emily baissa la tête pour dissimuler les larmes qui lui montaient aux yeux. Elle savait bien ce qu'il pensait, alors pourquoi remuait-il ainsi le couteau dans la plaie ?

« Je t'ai offert mon cœur et ma virginité sans rien demander en retour ! avait-elle envie de hurler. N'as-tu jamais pensé que cette nuit avait bouleversé toute mon existence ? »

— Emily ? Tu m'écoutes ?

Elle ne releva pas la tête.

— Oui, articula-t-elle. Tu possèdes un talent certain pour détruire les illusions des gens avec quelques mots bien choisis. Peut-être cette nuit n'a-t-elle jamais représenté pour toi qu'un « horrible secret », mais j'en ai eu pour ma part une perception diamétralement différente.

— Je m'en veux terriblement de ne pas avoir compris à temps combien tu prenais les choses à cœur. J'étais persuadé qu'avec tout ce que je t'avais dit sur l'arrivée de Sydney au domaine, tu n'ignorais pas mes projets de mariage.

— Tout ce que je savais de Sydney, c'était que vous étiez ensemble à l'école de médecine. J'étais persuadée que c'était un homme ! Et puis, je n'ai pas pensé une seconde que tu pourrais faire l'amour avec moi et me présenter une autre femme comme ta fiancée deux jours plus tard.

— Nous n'avons pas fait l'amour ! répliqua Lucas,

soudain furieux. Nous avons eu des rapports sexuels, c'est très différent. L'amour n'entrait pas en ligne de compte dans ce que nous avons partagé cette nuit-là et, si tu penses le contraire, tu te mens à toi-même.

Cette fois, Emily n'y tint plus. Toutes les souffrances qu'elle avait endurées en solitaire remontèrent soudain à la surface.

— Et les conséquences ? s'entendit-elle répliquer. As-tu jamais pensé aux conséquences de cette nuit ?

4.

Un silence de plomb s'abattit entre eux. Livide, Lucas semblait paralysé par le choc. Emily baissa la tête, en colère contre elle-même. Elle venait de commettre une faute impardonnable, lui lançant son secret à la figure sans préavis, pour le punir sans doute. Comme s'il était coupable !

— Tu... tu as été enceinte ? murmura Lucas dans un souffle.

— A ton avis ?

Devant la stupeur qu'il affichait, la jeune femme fut prise d'un fou rire hystérique. Lucas la considéra un instant, interloqué, puis posa sa serviette près de son assiette et repoussa brutalement sa chaise avant de poser quelques billets de banque sur la table.

— Sortons d'ici ! Je ne tiens pas à ce que nous nous donnions en spectacle.

Il avait raison. Plusieurs têtes s'étaient déjà tournées vers eux, dévisageant Emily qui s'essuyait les yeux avec le coin de sa serviette pour réprimer son fou rire.

— Mais je n'ai pas fini mon dessert, bredouilla la jeune femme.

Sourd à sa protestation, il l'empoigna d'une main de fer et la traîna sans autre forme de procès hors du restaurant, sous les regards médusés des serveurs et des clients.

Ils gagnèrent le break garé non loin de là et Lucas installa sans ménagement la jeune femme sur le siège passager. Puis, contournant le véhicule, il s'assit au volant.

— J'attends tes explications, lança-t-il d'un ton sec. Et tu as intérêt à être claire, parce que, contrairement à toi, la situation ne m'amuse pas du tout.

A en juger par l'expression menaçante de son regard, il fournissait un effort colossal pour ne pas étrangler sa passagère.

— J'attends, répéta-t-il avec impatience.

Désarçonnée par cette rage froide, Emily opta pour l'esquive plutôt que pour l'affrontement direct.

— Tu ne vas pas me dire que tu as cru à ma petite plaisanterie ! s'exclama-t-elle.

D'un geste vif, il l'agrippa par le bras et l'obligea à lui faire face. Ils étaient si proches l'un de l'autre qu'elle sentait le souffle de Lucas lui effleurer régulièrement le visage.

— Qu'est-ce que c'est que cette histoire de conséquences, Emily ?

— Je n'en sais rien ! C'est venu comme ça. Je n'ai pas réfléchi.

Il la secoua sans ménagement.

— Dis-moi la vérité, sinon...

Il s'interrompit et Emily se mit à réfléchir à toute allure. Elle sentait qu'elle était allée trop loin. Elle en avait trop dit pour lui cacher la vérité plus longtemps. Toutefois, elle voulut lui montrer à quel point elle désapprouvait la brutalité de ses méthodes. Rassemblant tout son courage, elle le toisa avec hauteur.

— Si tu veux que je parle, il faut me lâcher.

Loin d'obtempérer, il resserra son étreinte. Leurs visages se frôlèrent encore, leurs regards s'accrochèrent l'un à l'autre, emplis de défi. Lucas ne quittait pas la jeune femme des yeux.

Soudain, une expression de dégoût traversa le visage masculin.

— Si tu as inventé ça pour te venger, lança Lucas, je te conseille de trouver autre chose. Il est évident que si tu avais eu un enfant, la rumeur publique aurait colporté le scandale jusqu'à Roscommon.

— Rassure-toi, tu n'es le père de personne, murmura-t-elle d'une toute petite voix.

Il dut sentir tout le chagrin qu'elle éprouvait en prononçant ces mots qu'elle aurait voulus haineux, car il desserra soudain son étreinte.

— Tu n'es pas drôle, Emily, déclara-t-il. Je t'ai vraiment crue pendant un moment.

— J'ai fait une fausse couche au bout de deux mois.

Ces mots qu'elle n'avait pu réprimer restèrent suspendus entre eux durant plusieurs secondes. Pesants, douloureux, terribles.

La main de Lucas glissa lentement vers le poignet d'Emily. Le reste de son corps s'était figé dans une immobilité terrifiante. Seules ses prunelles bougeaient, tandis qu'il fouillait intensément le regard de la jeune femme, comme pour tester sa sincérité.

— Seigneur ! murmura-t-il. Tu ne mens pas !

Bouleversée, Emily baissa la tête. Des larmes roulaient sur ses joues.

— Je l'ai aimé, cet enfant, tu sais. Je ne me suis jamais remise de l'avoir perdu. Et je t'en ai voulu de n'avoir même pas cherché à savoir si j'étais enceinte.

Une expression de totale incrédulité se peignit sur le visage de Lucas.

— Tu m'en as voulu ? Avais-je dit ou fait la moindre chose qui ait pu passer pour un encouragement à venir te glisser dans mon lit pendant mon sommeil ?

— Tu ne m'y as pas invitée expressément, c'est vrai, mais tu ne m'as jamais tenue à distance non plus... sauf après, une fois que le mal était fait...

— Ce n'est pas une raison pour faire de moi le méchant de l'histoire, si ?

— Ça n'a jamais été mon intention. Seulement, comme tu l'as si bien dit, j'étais jeune et inexpérimentée et j'ignorais totalement quelles pourraient être les conséquences de mes actes. Toi, tu étais médecin, tu n'as aucune excuse pour m'avoir laissée faire.

— C'est la meilleure ! Tu m'as joué un numéro de séduction digne de Messaline ! Alors après ça, ne va pas me raconter qu'à dix-neuf ans, tu croyais encore que les enfants naissent dans les choux !

— J'étais vierge et je croyais t'aimer. Rien d'autre ne comptait à mes yeux.

A ces mots, la colère de Lucas parut se dissiper comme par enchantement, remplacée par une profonde tristesse qui se refléta dans son regard.

— Quel gâchis, Emily !

Se dégageant d'un geste sec, la jeune femme jeta un coup d'œil à la pendule du tableau de bord.

— Il est l'heure d'aller chercher grand-mère. Elle doit commencer à s'impatienter.

Lucas mit quelques secondes à réagir. Puis, avec un léger mouvement de tête, il alluma le contact sans un mot. Le trajet jusqu'à l'hôpital s'effectua dans un silence si pesant qu'Emily, n'y tenant plus, sortit en trombe dès que le break se fut immobilisé sur le parking.

Elle s'engageait dans l'escalier qui menait au hall d'entrée lorsque Lucas se pencha à la fenêtre pour crier d'une voix de stentor :

— Nous n'en avons pas fini, tous les deux ! Nous reprendrons cette conversation à Roscommon.

Emily tenta de réprimer l'appréhension que lui causèrent ces paroles en redressant la tête d'un mouvement plein de défi. Naïvement, elle avait espéré que sa confession la libérerait du passé ! Comment serait-ce possible, quand Lucas semblait déterminé à rouvrir des blessures qui avaient mis des années à cicatriser ?

Lucas suivit du regard la silhouette gracieuse qui s'élançait sur les marches. Cette démarche aérienne, ces hanches qui ondulaient, cette chevelure souple et légère, ce port de tête altier ! Etait-elle seulement consciente de son pouvoir de séduction ? Qui aurait cru, à la voir si sûre d'elle, qu'elle avait frôlé l'hystérie un quart d'heure auparavant ? La rapidité avec laquelle elle s'était ressaisie avait de quoi stupéfier.

Lui-même n'était pas aussi doué, hélas ! Un mélange confus de sentiments le submergeait : fureur, regret, et aussi une autre impression, indéfinissable et troublante, qu'il préférait ne pas approfondir.

A l'inverse de ce qu'il croyait, leur relation ne s'était pas terminée au moment où il l'avait chassée de son lit et de sa vie. Il y avait eu un enfant, *son enfant*. Dire qu'au moment où Emily Jane faisait sa fausse couche, il s'embarquait avec Sydney dans un mariage d'où cette dernière avait exclu d'emblée la maternité, afin de mieux se consacrer aux laissés-pour-compte du Tiers-Monde !

Le même zèle, le même idéal les animaient alors, Sydney et lui. Ce n'est que des années plus tard, quand la désillusion et l'amertume avaient succédé à l'enthousiasme des débuts, quand il avait compris que, malgré tous ses efforts, le monde demeurerait toujours cruel et laid, qu'il avait remis en cause leur décision commune.

Malheureusement, son cœur était déjà desséché lorsqu'il était parvenu à ce triste constat. Rien de ce qui l'entourait ne l'émeuvait plus, ne le touchait plus. L'élan et la générosité de sa jeunesse avaient disparu, remplacés par un cynisme désabusé. Aurait-il trouvé en lui la force de se consacrer encore aux autres, s'il avait été père ? Aurait-il cru en l'avenir, lui qui ne croyait plus à rien ? Et s'il avait eu, auprès de lui, une femme qui...

Assez ! A quoi bon rêver à l'impossible ? Il y a dix ans, il aurait peut-être pu changer le cours des événements mais, à présent, il était bien trop tard pour réécrire l'histoire.

Il frappa le tableau de bord d'un coup de poing rageur. Pourquoi s'était-il imaginé qu'il trouverait la paix ici, alors que tout conspirait à lui rappeler les erreurs du passé ? Et pourquoi n'avait-il pas pris la fuite en apprenant le retour d'Emily ? Depuis, l'image de la jeune femme le hantait. Mais fallait-il dire « depuis » ? L'avait-il jamais oubliée, en réalité ?

Il se rappelait cette nuit étouffante de la fin du mois d'août comme si c'était hier. Sydney venait d'arriver à Roscommon et il avait d'abord cru que c'était elle qui se glissait dans son lit. Et lorsqu'un homme s'éveille sous la caresse d'une bouche explorant fiévreusement son corps, son premier réflexe n'est pas de contrôler l'identité de sa partenaire !

Certes, il savait que Sydney souhaitait attendre le mariage avant de partager son lit, et qu'elle attachait plus d'importance à leur idéal commun qu'aux relations sexuelles. Ne gardait-elle pas les lèvres fermées à l'époque, quand il l'embrassait ? Et s'il la serrait d'un peu trop près dans un couloir de l'hôpital, désireux de lui dérober un baiser, elle gardait toujours l'œil aux aguets, de peur qu'on les surprenne.

Il aurait dû deviner que jamais Sydney ne serait ainsi entrée dans son lit, qui plus est sous le toit de Béatrice, alors qu'elle s'était toujours refusée à lui auparavant. Et puis, ce tempérament passionné, cette sensualité débridée, ce manque total d'inhibition dont Emily avait fait preuve ne lui ressemblaient pas. Il l'avait d'ailleurs constaté dès le soir de leur mariage.

Tout bien pesé, Emily disait vrai : il portait une part de responsabilité dans leur histoire.

Il tambourina nerveusement sur le volant en scrutant le parking inondé de soleil, comme si cette image pouvait effacer les souvenirs brûlants qui lui envahissaient l'esprit...

Cette nuit-là, la pleine lune éclairait sa chambre comme en plein jour. Il s'était éveillé, frémissant de désir, en sentant sur son torse des lèvres d'une douceur inouïe, des mains qui traçaient sur sa peau d'affolantes arabesques. Le cerveau encore embrumé de sommeil, il avait fermé les yeux et s'était laissé faire.

L'instinct avait semblé compenser l'expérience qui manquait à Emily. Chacun de ses gestes témoignait d'une passion, d'une tendresse, d'une générosité illimitées. Il avait tout pris, en égoïste, avant de combler l'attente de la jeune fille. Et lorsqu'elle l'avait rejoint dans la jouissance, ils avaient vécu un instant magique, un moment de bonheur très pur, d'une intensité si forte qu'un cri commun leur avait échappé. Puis, tandis qu'elle le contemplait, si belle dans la clarté irréelle de la lune, il s'était redressé, horrifié.

— Emily ! Pourquoi as-tu fait ça ?

— Parce que je t'aime, Lucas.

Ni excuses ni justification. Juste cet aveu simple et sans détour, prononcé d'une voix très douce...

— Tu plaisantes !

— Je suis amoureuse de toi depuis le jour où tu m'as embrassée, il y a quatre ans. Je n'en pouvais plus d'attendre... Et je sais que tu m'aimes aussi. Je le sens à la façon dont tu poses les yeux sur moi quand tu crois que personne ne voit. Et puis, tu m'évites depuis ton arrivée, comme si tu craignais de te trahir. Mais je ne suis plus une collégienne ! Ce n'est plus la peine de me fuir. Il est temps que tout le monde apprenne que nous nous appartenons l'un à l'autre...

Un frisson lui avait parcouru l'échine.

— Mais qu'est-ce que tu racontes, Emily ! Nous ne nous appartenons pas. C'est... c'est impossible.

Les grands yeux bruns avaient fouillé les siens. Sans doute avait-elle soudain décrypté la vérité dans son regard, car la lèvre inférieure de la jeune femme s'était mise à trembler.

— Pourquoi, Lucas ? C'est vrai que tu m'aimes, non ?

— Bien sûr... enfin non ! Pas comme ça.

— Mais nous venons de...

Incapable de réfléchir, il avait quitté le lit d'un bond et enfilé un short à la hâte.

— J'ai cru que je rêvais.

A ces mots, elle s'était redressée brusquement. Le drap était tombé autour de ses hanches, dévoilant ses épaules et sa poitrine parfaites, sa taille fine et souple, ses bras longs et minces. Le souvenir de ce corps offert était resté gravé à jamais dans le souvenir de Lucas. A son grand désespoir, il avait senti le désir l'envahir de nouveau. Et cette fois, il ne pouvait invoquer le sommeil.

— Pourtant, c'était bien la réalité, avait-elle dit simplement.

La gorge sèche, il avait lissé ses cheveux d'une main nerveuse.

— La seule réalité qui importe, c'est ton âge ! Tu sors à peine du lycée ! Et puis, depuis que je suis là, tu ne parles que de soirées mondaines et de vacances !

— J'y renoncerai, Lucas. Cela ne compte pas pour moi. Rien n'a d'importance du moment que nous sommes ensemble.

— Et ta famille ?

— Je lui expliquerai. Elle comprendra.

La gentillesse n'ayant aucun effet, il avait opté pour la brutalité.

— Non, Emily Jane ! Nos routes sont trop divergentes. Tu rêves de mondanités, alors que moi, je termine mon internat de médecine. Nous ne sommes pas du tout sur la même longueur d'onde. Et quand bien même nous le serions, tu ne peux pas tout quitter pour une toquade qui sera terminée dans quinze jours.

Au mot « toquade », elle avait de nouveau blêmi. Son regard s'était fixé un instant sur lui, un regard si poignant qu'il avait eu mal pour elle. Puis, très dignement, elle s'était levée et avait enfilé ses vêtements.

— Un jour, tu ouvriras les yeux, Lucas. Je te prouverai qu'il ne s'agit pas d'un caprice. Peu importe le temps que cela prendra... J'attendrai...

Sans autre commentaire, elle avait enjambé la fenêtre et s'était laissée glisser jusqu'au bas du prunier, dont les branches lui avaient permis d'atteindre la chambre.

Cette façon de s'enfuir par la fenêtre avait conforté Lucas dans son opinion : Emily n'était qu'une enfant qui ne mesurait pas la portée de ses actes. Une enfant qui l'oublierait d'autant plus vite qu'il avait l'antidote adéquat sous la main, avait-il conclu avec une totale absence de scrupules.

Le lendemain soir, il offrait à Sydney une bague de fiançailles au cours de la soirée organisée pour l'occasion par Béatrice. Le surlendemain, il se rendait à Belvoir pour présenter sa fiancée à la famille Lamartine.

Pourtant, pas une fois, au cours de son mariage, il n'avait retrouvé le bonheur intense qu'il avait partagé l'espace de quelques heures avec Emily. Au début, il s'était senti coupable de ne pas satisfaire sa femme et s'était adressé d'amers reproches. Puis il avait compris que Sydney vivait leurs étreintes comme une contrainte. Quand elle s'était mise à évoquer des patients soignés durant la journée au plus fort de l'action, il s'était résigné à contrecœur à un semblant de vie sexuelle, tout en nourrissant une violente rancœur à l'égard d'Emily, qui avait faussé à jamais ses relations physiques avec Sydney.

Découvrir aujourd'hui qu'elle lui avait caché sa grossesse lui donnait des envies de meurtre.

Comme Emily le prévoyait, le trajet de retour fut un vrai supplice. Déjà contrariée à la perspective d'être confinée dans une chaise roulante, Monique explosa quand Emily lui expliqua que Lucas les ramenait à Roscommon.

— Tu n'as qu'à louer une voiture !

— Tu sais bien qu'il n'y a pas d'agence de location à April Water, grand-mère. Nous n'avons pas le choix.

A peine Lucas eut-il démarré que Monique lança l'offensive.

— Ralentis, Lucas ! Même si je n'ai aucune envie de retourner à Roscommon, je ne tiens pas à mourir dans un accident de voiture.

Du coin de l'œil, Emily vit Lucas crisper les mâchoires. L'aiguille du compteur de vitesse fit un bond en avant.

— Qu'a dit le médecin ? demanda la jeune femme pour faire diversion.

— Que je m'en tire remarquablement bien pour une femme de mon âge ! Trois heures d'examens pour ce brillant diagnostic ! Décidément, les médecins sont l'engeance la plus vaniteuse que je connaisse. Dieu merci, certains ont tout de même assez de jugeote pour cesser toute pratique avant d'envoyer leurs patients au cimetière. Lucas, lève le pied ! Tu accélères encore.

— Je t'en prie, grand-mère ! Nous sommes tous à bout de nerfs.

— A qui la faute ? répliqua Monique en foudroyant la nuque de Lucas du regard.

— A moi, bien sûr ! lança Lucas.

Sur ce, il alluma la radio, poussant le volume à fond. Une initiative qui eut le mérite de mettre un terme à toute tentative de discussion.

A Roscommon, ils trouvèrent Béatrice en compagnie d'un homme très séduisant âgé d'une trentaine d'années. Lorsque celui-ci se leva pour saluer les nouveaux venus, Emily eut le sentiment d'avoir déjà vu ce visage. Béatrice expliqua que Bruce Anderson, son hôte, séjournait chez les Barrett, ses plus proches voisins après les Lamartine.

— C'est moi qui suis venu prêter main forte à Lucas cette nuit, expliqua Bruce aux deux nouvelles venues. Mais je doute que vous vous souveniez de moi. J'espère que vous êtes remises de vos émotions.

— Nous vous devons la vie, jeune homme, déclara très dignement Monique.

— Je regrette de n'avoir pu faire davantage.

Il accompagna sa remarque d'un sourire étincelant auquel Emily fut très sensible. Cela changeait des regards furibonds et des mines renfrognées de Lucas ! songea-t-elle.

— Comment vous remercier, monsieur Anderson ?

murmura-t-elle en lui dédiant à son tour un gracieux sourire.

— En m'appelant Bruce et en me permettant de vous inviter à dîner un soir.

— Je vous rappelle que nous sommes vos débitrices.

— Dans ce cas, c'est vous qui m'inviterez.

— Mais je ne suis pas chez moi, murmura Emily, gênée.

— Je reprends volontiers l'invitation à mon compte, s'exclama Béatrice. Venez donc ce soir, si vous êtes libre.

— C'est que... cela m'ennuierait de faire faux bond aux Barrett ce soir.

Béatrice balaya l'objection d'un geste.

— Oh, ils ne s'en formaliseront pas. Emily, tâche de convaincre M. Anderson !

Consciente de la présence de Lucas juste derrière elle, Emily prit le visiteur par le bras.

— Allons, Bruce, ne nous privez pas de ce plaisir. Acceptez l'invitation !

Le jeune homme capitula aussitôt avec un haussement d'épaules bon enfant.

— Puisque vous insistez, je ne puis que m'incliner, déclara-t-il avec un sourire tout aussi irrésistible que le premier.

Peu après, les deux vieilles dames s'éclipsèrent chacune de leur côté. Sans se préoccuper de Lucas, Emily guida Bruce sous la véranda, où elle s'installa sur une balancelle de bois patinée par l'âge, tout en massant machinalement ses tempes douloureuses. La migraine qu'elle sentait poindre depuis le matin se déclarait.

Après une brève hésitation, Bruce s'assit près d'elle et la contempla d'un air compatissant.

— Vous avez mal à la tête ?

— Un peu, murmura-t-elle en fermant les yeux. Vous savez, nous sommes tous assez tendus après cette nuit mouvementée et j'ai du mal à reprendre le dessus.

Bruce pencha la tête de côté, comme pour s'excuser.

— Pardonnez-moi si j'ai posé cette question indiscrète,

déclara-t-il. C'est la déformation professionnelle. Quand on est policier, on prend l'habitude de poser des questions.

Emily le dévisagea avec étonnement.

— Ça alors! J'ai du mal à vous imaginer en train de pourchasser des criminels dans les rues de San Francisco!

— Ce n'est pas vraiment ce que je fais. En fait, j'appartiens à la police montée du Canada et j'opère dans une petite ville tranquille au nord de l'Ontario. Rien à voir avec la criminalité qui sévit dans les grandes métropoles!

A ces mots, le visage d'Emily s'illumina d'une expression admirative.

— Vous faites vraiment partie de la police montée?

— J'en ai peur, répondit Bruce en riant.

— Le héros du feuilleton préféré d'une de mes nièces est un homme de la police montée. Elle ne me pardonnerait jamais si je vous laissais repartir sans vous demander un autographe.

Bruce rougit jusqu'aux oreilles.

— Si vous voulez.

Il parut hésiter, puis déclara timidement :

— Il faut que je m'en aille maintenant. Cela me ferait plaisir si vous m'accompagniez un bout de chemin.

— Volontiers.

Après avoir aidé la jeune femme à se lever, il glissa sa main sous son bras comme si c'était la chose la plus naturelle du monde et l'entraîna dans l'allée. Emily apprécia ce contact franc, qui ne déclenchait en elle aucune des sensations que lui provoquait le moindre effleurement de Lucas.

— Combien de temps restez-vous en Californie, Bruce?

— Environ un mois. Et vous?

— J'avais prévu une semaine ou deux, mais je crois que je vais m'installer ici définitivement. J'adore cette partie de la Californie.

— Dans ce cas, nous pourrons peut-être dîner ensemble plusieurs fois.

Une telle gentillesse se dégageait de cet homme! A son

bras, Emily se sentait protégée, à l'abri. C'était le genre d'homme sur lequel on pouvait compter, quelqu'un dont la compagnie faisait chaud au cœur. Aussi Emily répondit-elle sans hésiter :

— J'en serais ravie.

Lorsqu'elle rentra, elle découvrit Lucas qui rôdait d'un air sombre au bas du grand escalier.

— Le Prince Vaillant s'est-il enfin décidé à disparaître à l'horizon sur son beau cheval blanc ? railla-t-il.

— M. Anderson est parti, si c'est ce que tu veux dire. Et je me demande bien en quoi cela t'intéresse.

— Cela ne m'intéresse pas.

— Dans ce cas, pourquoi t'es-tu posté en embuscade comme si tu m'attendais ?

— Parce qu'au cas où tu l'aurais oublié, nous avons tous les deux un rendez-vous qui prime sur tes bavardages avec ton héros de la police montée.

— Comment sais-tu qu'il appartient à la police montée ?

— Quelques bribes de votre touchant tête-à-tête sont parvenues jusqu'à moi.

Cet aveu fit naître un mince espoir dans le cœur de la jeune femme. Car Lucas avait beau arborer un visage impénétrable, sa voix tendue révélait un sentiment proche de la jalousie.

— Tu écoutes aux portes, maintenant ?

— Ne change pas de sujet ! Nous avions prévu une petite conversation, je te rappelle.

— A quoi bon ressasser l'histoire ancienne ? Rien de ce que nous pourrons dire ne changera quoi que ce soit.

— Pour moi, il ne s'agit pas d'histoire ancienne, mais d'une nouvelle que je n'ai pas encore réussi à accepter.

— Je n'ai pas envie d'en parler maintenant, Lucas. J'ai mal à la tête.

— Prends deux comprimés d'aspirine et viens te promener avec moi. Le grand air te fera du bien.

Etait-ce le mariage qui l'avait rendu si pédant, ou avait-il toujours été comme cela ?

— Tu n'es pas mon médecin, que je sache, répondit Emily d'un ton sec, ni celui de personne d'ailleurs. Alors garde tes conseils pour toi.

Déjà, elle avait tourné les talons et commencé à grimper l'escalier quatre à quatre pour gagner sa chambre.

Une fois sur son lit, elle réussit à trouver le sommeil malgré toutes les pensées qui la torturaient et dormit près de deux heures. Elle s'éveilla fraîche et dispose peu avant le dîner et passa quelques secondes sous la douche. Puis elle enfila une jupe et un chemisier de coton avant de descendre.

Assise dans le salon illuminé par les rayons orangés du soleil déclinant, les deux vieilles dames conversaient avec Bruce. L'atmosphère aurait sans doute paru très détendue s'il n'y avait eu Lucas, debout près de la fenêtre, qui contemplait dans un silence maussade les méandres de la rivière toute proche, un verre de whisky à la main.

— Ah, ma chérie ! s'exclama Monique en voyant entrer Emily. Tu te sens mieux ?

— Beaucoup mieux, merci. Et toi ? Ton genou ne te fait pas trop souffrir ?

— Non, Dieu merci. Cette maudite chaise roulante me facilite les choses. Et puis, je me suis reposée moi aussi.

— Rien de tel qu'une bonne sieste pour recouvrer un peu d'énergie, surtout à votre âge, observa Béatrice avec une pointe de perfidie. Voyons, Lucas, tu manques à tous tes devoirs. Emily n'a rien à boire.

— Que prendras-tu ?

Il posa la question avec une telle indifférence que la jeune femme ne résista pas à l'envie de le titiller. Une lueur espiègle dans le regard, elle désigna le verre de Bruce.

— La même chose que Bruce.

A sa grande satisfaction, Lucas ouvrit des yeux ronds.

— Tu veux de la bière ?

— Tu y vois un inconvénient ?

— Je pensais que tu étais plus du style « champagne ».

— Tu me connais bien mal pour avancer une telle affirmation.

Monique pouffa tandis que Lucas murmurait :

— J'en sais plus aujourd'hui qu'hier, en tout cas.

L'atmosphère se chargea aussitôt d'électricité. Ebranlée par tout le non-dit qu'elle percevait derrière cette simple phrase, la jeune femme concentra son attention sur Bruce. Malheureusement, la présence chaleureuse du Canadien ne suffit pas à dissiper l'appréhension qui l'avait envahie : Lucas attendait des explications et il n'était pas homme à lâcher prise.

Après le dîner, Bruce lui proposa une promenade le long de la rivière. Emily sauta sur l'occasion, trop heureuse de repousser une confrontation qu'elle savait inévitable.

A son retour, peu après onze heures, la maison baignait dans l'obscurité et le silence. Un soupir de soulagement lui échappa. Tôt ou tard, il faudrait qu'elle s'explique avec Lucas, mais le plus tard serait le mieux.

Ses sandales à la main, elle gravit l'escalier sur la pointe des pieds et se dirigea vers sa chambre. Elle posait la main sur l'interrupteur lorsqu'un sixième sens l'avertit que la partie était loin d'être gagnée.

Lucas était là.

Elle venait de foncer tête baissée dans un piège dont l'ironie ne lui échappait pas. Car cette fois-ci, c'était lui qui s'était introduit dans sa chambre à son insu. Les bras derrière la tête, les jambes croisées avec nonchalance, il l'attendait, allongé sur le lit. Et, à en juger par l'expression de son visage, ses intentions n'étaient pas précisément pacifiques.

5.

— Pourquoi cet air essoufflé et ces joues trop roses ? s'exclama-t-il d'un ton narquois tout en se levant. Aurais-tu accordé à ton preux chevalier davantage qu'un baiser en guise de bonsoir ?

Ce persiflage et cette nonchalance méprisante, qui semblaient être devenus chez Lucas une seconde nature, hérissèrent Emily. Réprimant la réplique cinglante qui lui montait aux lèvres, la jeune femme repoussa ses cheveux en arrière d'un geste provocateur et riposta.

— Rassure-toi : en dix ans, j'ai appris comment éviter les grossesses indésirables.

Un éclair de fureur traversa les yeux bleus de Lucas. Un instant plus tard, ce dernier se penchait sur Emily, menaçant.

— Comment peux-tu te regarder dans la glace chaque matin sans avoir la nausée ?

Malgré son instinct, qui lui commandait de battre en retraite, Emily ne cilla pas.

— Cela ne me pose aucun problème.

Les traits crispés par la colère, les poings serrés, il la foudroya du regard. Pour la première fois depuis la veille, elle retrouvait l'homme qu'elle avait connu autrefois. Un homme que rien ne laissait indifférent, et non cet individu désenchanté qui l'abreuvait de sarcasmes depuis vingt-quatre heures.

Puis, soudain, il sembla se rappeler à qui il avait affaire et reprit son masque d'indifférence. Toute trace d'émotion s'effaça brutalement de son visage tandis qu'il haussait les épaules. La flamme qui embrasait son regard bleu avait laissé place à une expression terne et vide. Mais sa bouche s'était faite si dure, si réprobatrice que la jeune femme s'écria :

— Ne me regarde pas comme si j'étais une moins que rien !

— C'est pourtant ce que tu es. Je me demande comment ton mari peut te supporter.

Elle éclata d'un rire forcé.

— Mon mari ? Il m'a quittée il y a deux ans parce que...

— Voilà donc pourquoi tu portes encore le nom de Lamartine ! Oh, tu peux m'épargner les détails. Ils ne m'intéressent pas.

— Il m'a quittée parce que je ne lui donnais pas d'enfants.

Elle se mordit aussitôt les lèvres. Mais pourquoi diable ne l'avait-elle pas écouté ? Pourquoi avait-elle jugé bon de lui parler de son passé, de son échec ? A vrai dire, songea-t-elle dans son for intérieur, elle connaissait la réponse : elle voulait tenter par tous les moyens de faire réagir cet homme, de lui inspirer ne serait-ce qu'une seconde d'émotion, quelle qu'elle soit... Visiblement, elle avait fait mouche.

— Tu ne pouvais pas ou tu ne voulais pas ?

— Je ne pouvais pas ! Pourtant, ce n'est pas faute d'avoir essayé.

Il la scruta comme s'il la soupçonnait de mensonge ou de moquerie. Toutefois, il ne dut rencontrer qu'une sincérité qui lui fit baisser la tête.

— Je suis désolé pour toi, murmura-t-il d'une voix radoucie.

— Pas autant que moi. J'aurais tellement aimé avoir des enfants.

Il esquissa un geste vers elle, comme pour la réconforter, puis laissa retomber sa main.

— La médecine a accompli des progrès considérables dans le domaine de la fécondité. As-tu consulté un spécialiste, au moins ?

Troublée par cette sollicitude inattendue, elle répliqua d'un ton qu'elle espérait léger :

— Je préfère trouver un mari d'abord.

— Tu projettes de te remarier, alors ?

— Non, mais je n'ai pas envie non plus d'être mère célibataire. Je ne suis plus aussi inconsciente qu'à dix-neuf ans.

En quelques instants, elle vit plusieurs émotions se succéder sur le visage de Lucas : la colère, la compassion, la curiosité, le regret...

— Si tu avais porté mon enfant à son terme, est-ce que tu me l'aurais dit ? s'enquit-il d'une voix étrangement douce.

Elle secoua la tête.

— Quand j'ai compris que j'étais enceinte, la date de ton mariage avec Sydney était déjà fixée. Comme tu l'avais si justement souligné, nous n'avions pas d'avenir ensemble.

— Qui as-tu mis au courant ?

— Personne. Je redoutais la réaction de mes parents. Ils auraient été tellement déçus...

— Tu as affronté ce traumatisme sans te confier à personne ? Même pas à une amie ?

La gorge serrée, elle n'osa pas le regarder, de peur d'éclater en sanglots.

— Mes amies ne songeaient qu'aux garçons et aux études... J'étais à mille lieues de leurs préoccupations. Je me sentais très seule, et aussi très vieille. Et puis, tout s'est terminé brutalement, un soir où mes parents étaient sortis, au service des urgences de l'hôpital.

— Il s'agissait vraiment d'une fausse couche ? Ce n'est pas toi qui... enfin...

Elle leva vers lui un regard consterné.

— Non ! J'étais peut-être perdue et malheureuse, mais je désirais cet enfant. Il était tout ce qu'il me restait de toi.

Il lui adressa un coup d'œil plein de ressentiment, puis pivota sur lui-même comme s'il ne pouvait supporter sa vue.

— Ça suffit !

— Quoi donc ?

— Cesse de me parler comme si nous nous étions aimés et que je t'avais trahie.

— Que cela te plaise ou non, je t'ai aimé, Lucas. Je t'aimais de toute mon âme depuis longtemps. D'ailleurs, si mon mariage a échoué, c'est sans doute pour cela. En un sens, j'ai été infidèle à mon mari dès le départ.

Il fit une brusque volte-face.

— Non, Emily ! hurla-t-il. Non !

Médusée par ce cri où elle sentait percer une angoisse indicible, la jeune femme s'approcha lentement de son interlocuteur.

— Pourquoi la vérité te fait-elle si peur, Lucas ? Autrefois, tu n'étais pas si lâche.

— Il ne s'agit pas de vérité, mais de fantasmes ! Tes fantasmes !

— Dans ce cas, pourquoi es-tu bouleversé ?

En proie à une incontrôlable émotion, elle lui effleura la joue du doigt.

— Pourquoi t'enfermes-tu dans une tour d'ivoire, au lieu de mordre la vie à belles dents comme autrefois ? Pourquoi cette façade d'indifférence, comme si rien ne t'atteignait ?

Saisissant la main qui reposait contre sa joue, il l'écarta comme il l'aurait fait d'un insecte répugnant.

— Je ne suis plus celui que j'ai été, Emily. Et je n'ai jamais été celui que tu as cru aimer.

Etait-ce la tristesse qui se reflétait au fond des yeux

bleus ? Ou la magie toujours présente qui circulait entre eux ? Incapable de se contrôler, Emily saisit le poignet de Lucas et y déposa un baiser fervent. Puis elle releva les yeux.

— Tu débordais d'énergie, de générosité et de gentillesse, chuchota-t-elle. Et cet homme-là existe encore, j'en suis sûre, même si tu l'as enfoui tout au fond de toi-même.

Sous ses lèvres, Emily sentit le pouls de Lucas s'accélérer. Il laissa échapper un cri rauque, puis attira soudain la jeune femme contre lui et l'étreignit avec force, avant de s'emparer de sa bouche.

Il l'embrassa avec une sorte de désespoir, comme s'il obéissait à un instinct qu'il réprouvait, s'arrachant à ses lèvres pour les reprendre aussitôt avec l'ardeur d'un affamé. Son corps viril étroitement plaqué contre celui d'Emily vibrait, frémissant et tendu.

Mais il garda les yeux clos : redoutait-il de la voir déchiffrer le fond de son âme ? Ce fut ce dernier détail que la jeune femme enregistra avant de fermer les yeux à son tour.

Mille sensations oubliées reprirent vie en elle. Le frisson du plaisir, la torture du désir, la fièvre, la douce allégresse d'un amour qui, malgré une longue hibernation, n'avait rien perdu de sa vigueur. Reléguant humiliations et souffrances au fin fond de sa mémoire, Emily se laissa bercer par l'exquise illusion d'un nouveau départ.

Bientôt, leur baiser se fit plus sensuel, plus grisant encore. Leurs bouches se parlaient sans avoir besoin de mots, communiquant plus sûrement par les sens que par les paroles.

Encerclant sa nuque d'une main douce, mais ferme, la jeune femme entraîna lentement Lucas sur le lit. Puis elle glissa l'autre main dans l'échancrure de sa chemise pour sentir sous ses doigts ce cœur dont les battements désordonnés répondaient aux siens.

Alors, elle eut envie d'aller encore plus loin. Elle le voulait au fond d'elle-même, uni à elle, comme autrefois.

Son vœu ne fut pas exaucé. Arrachant sa bouche à la sienne, Lucas repoussa violemment la jeune femme.

— Va-t'en au diable ! s'exclama-t-il.

Désemparée, elle le dévisagea d'un regard encore embué de désir. Il la gratifia en retour d'une œillade si glaciale qu'elle frissonna, comme sous la pire des insultes.

— Je t'en prie, Lucas !

— De quoi me pries-tu ?

« De ne pas me mépriser, de ne pas m'abandonner, de m'aimer un peu, rien qu'un peu, rien que cette nuit... »

Dix ans auparavant, elle l'en aurait supplié. Aujourd'hui, elle ne se sentait plus prête à s'offrir en sacrifice. Rassemblant son amour-propre, elle le regarda droit dans les yeux.

— Je te prie de t'en aller. Et ne t'avise pas de revenir.

La situation devenait intolérable. Il fallait que ça change ! Combien de fois s'était-il répété le même leitmotiv entre minuit et l'aube, avant que le sommeil l'entraîne dans des rêves érotiques où Emily tenait le premier rôle ? Et cette journée ne s'annonçait pas sous de meilleurs auspices, songea-t-il en embrassant la table du petit déjeuner d'un coup d'œil avant d'y prendre place.

Assise en face de lui, Emily évitait son regard. Malgré cette précaution, une subite tension s'était installée autour de la table, un courant électrique palpable auquel, par bonheur, Béatrice demeura imperméable.

— Une tasse de thé et une tranche de melon ne suffisent pas en guise de petit déjeuner, Emily Jane ! s'exclama la vieille dame. Comment veux-tu tenir le coup si tu ne t'alimentes pas correctement ?

— Je n'ai pas l'habitude de manger au petit déjeuner.

— C'est ridicule, voyons ! Lucas, essaie de la raisonner ! En tant que médecin, c'est tout de même ton devoir !

Il esquissa un haussement d'épaules fataliste.

— Emily n'est plus une petite fille, Gran. Si elle a décidé de se laisser mourir d'inanition ou de faiblesse, rien de ce que nous pourrons lui dire ne la fera changer d'avis.

— En effet ! décréta Emily en fixant le mur.

— En effet, répéta Monique en écho. Rien de ce que votre petit-fils peut offrir à ma petite-fille ne l'intéresse.

Les joues d'Emily s'empourprèrent. Elle adressa un bref coup d'œil à sa grand-mère, puis reprit sa contemplation du mur. Un instant, il fut tenté de répliquer que la veille au soir, elle semblait prête à accepter beaucoup de choses, même celles qu'il ne lui offrait pas, mais il se ravisa.

Toujours insensible à la tension nerveuse qui circulait entre eux, Béatrice observa :

— Ah bon ? Mais ces deux-là ont quasiment grandi ensemble ! A vous entendre, on croirait que ce sont des ennemis jurés, alors qu'ils se sont toujours entendus à merveille.

— Il ne faut pas se fier aux apparences, répliqua Monique, sibylline.

— Pour une fois, nous voilà d'accord sur un point, Monique.

Emily faillit s'étrangler en avalant une bouchée de melon. Elle disparut derrière sa serviette, puis déclara :

— Il fait beau ce matin. Je vais aller finir mon café sur la terrasse.

A sa propre consternation, Lucas s'entendit répondre :

— Mets un chapeau. Ici, le soleil tape plus fort qu'à Boston.

Il aurait tourné sa langue sept fois dans sa bouche s'il avait pressenti les réactions que suscita cette observation. Monique esquissa un rictus méprisant qui signifiait clairement qu'elle préférerait consulter une diseuse de bonne aventure plutôt que d'écouter son avis. Quant à Emily, elle le gratifia d'un regard polaire qui en disait tout aussi long. Seule Béatrice sourit aux anges.

— Médecin un jour, médecin toujours...

Il repoussa bruyamment sa chaise.

— Je t'en prie, Gran ! Même un imbécile sait qu'il est dangereux de s'exposer trop longtemps au soleil !

— D'où ton impeccable bronzage, rétorqua Emily avant de s'esquiver.

La mine sombre, il considéra sa tasse de café en regrettant de ne pas s'être exilé dans un monastère tibétain pour y trouver la paix et la quiétude auxquelles il aspirait.

Pour couronner ce calamiteux début de matinée, Bruce Anderson fit bientôt son apparition. L'empressement avec lequel il accepta l'invitation à déjeuner de Béatrice fit soupçonner à Lucas qu'il n'avait pas choisi son heure au hasard.

Pourtant, Lucas ne nourrissait aucune aversion à l'encontre du policier. Le brave homme, au contraire, lui était plutôt sympathique. Dans d'autres circonstances, il aurait même accueilli avec joie cette présence masculine dans cet univers de femmes.

Lucas remonta très vite dans sa chambre et se plongea toute la matinée dans des revues médicales. Il n'avait aucune envie de voir Bruce et Emily bavarder comme de vieux amis, ni le Canadien couvrir la belle de ses regards d'amoureux transi. Il ne descendit qu'à l'heure du déjeuner et s'installa à table sans un mot.

Les convives semblaient tous d'humeur joyeuse. Au début du repas, Lucas se réjouit de voir que personne ne songeait à lui adresser la parole. Sans doute la mine sombre qu'il arborait y était-elle pour quelque chose, songea-t-il. Mais lorsqu'on entama le poulet rôti, cette négligence dont il faisait l'objet commença à lui peser, d'autant que Bruce, lui, multipliait les éclats de rire complices avec les trois dames. La conversation se déroulait comme s'il n'existait pas. S'il s'effondrait tête la première dans son assiette, personne ne s'en apercevrait.

Soudain, il vit que la bouteille de vin était vide. Il allait se lever pour aller en chercher une autre lorsque Bruce le devança, se précipitant dans la cuisine.

— Ne bougez pas, mesdames, je me charge de tout, lança-t-il d'un ton enjoué.

Il disparut dans la cuisine pour en revenir quelques instants plus tard, une bouteille dans une main et un tire-bouchon dans l'autre.

— Vous voyez, s'exclama-t-il, je ne me débrouille pas si mal ! On croirait que j'ai toujours vécu dans cette maison...

Emily battit des paupières avec admiration.

— Un homme qui prend des initiatives ! C'est rare, de nos jours !

L'échange de sourires qui s'ensuivit entre Anderson et la jeune femme donna à Lucas une féroce envie de planter ses dents dans la gorge du Canadien, puis de le jeter dans la rivière. Se maîtrisant à grand-peine, il remercia d'un signe de tête poli Bruce qui remplissait son verre et poussa l'abnégation jusqu'à poser les mains à plat sur la table au lieu de crisper les poings de fureur.

Il ne réussit ce tour de force qu'en évoquant la majesté de la chaîne himalayenne, les silhouettes en robe safran se découpant contre l'azur du ciel et le carillon des temples sur les hauts plateaux du Tibet.

Jamais porte de sortie ne lui avait paru plus tentatrice. Malheureusement, la longue marche vers la sérénité commençait pour lui par une sérieuse introspection, non par une fuite vers une contrée lointaine. Les mystères du cœur... Autant commencer par là. Car le sien n'était qu'un champ de bataille.

⁂

En début d'après-midi, une atmosphère paresseuse s'abattit sur la maisonnée. Un profond silence enveloppait la terrasse où l'on avait pris le dessert. Les géraniums blancs, les héliotropes et les hibiscus répandaient leur doux parfum, auquel se mêlait celui, plus discret, du bougainvillée qui poussait sur le mur de la maison.

Les deux grands-mères sommeillaient en digérant leur café glacé. Ses longues jambes étendues devant lui, Bruce observait le paysage.

Sans Lucas, Emily aurait probablement goûté elle aussi ce doux moment de quiétude. Mais comment ignorer la présence de cet homme quand son cœur s'emballait dès qu'elle risquait un œil dans sa direction... Indéchiffrable, la bouche sévère, il contemplait la rivière à travers ses paupières mi-closes.

Il portait un jean et un T-shirt d'une propreté impeccable, mais usés jusqu'à la trame. Malgré cela, il éclipsait le grand Bruce, dont la tenue trop nette paraissait empesée. Quelle injustice que, des deux, ce soit Bruce qui lui semble insignifiant !

L'injustice, d'ailleurs, ne s'arrêtait pas là. Lorsque Bruce lui posa soudain la main sur le bras pour lui désigner des colibris voltigeant autour des fleurs, elle n'eut à faire aucun effort pour conserver un parfait sang-froid. En revanche, lorsque Lucas l'effleura en changeant de position, cela suscita en elle une avalanche de sensations brûlantes.

Un bruit de pas les tira de leur torpeur. La main en visière pour se protéger du soleil, une femme d'environ trente-cinq ans fit soudain irruption sur la terrasse.

— Bonjour ! lança-t-elle, hésitante. Excusez-moi de vous déranger, mais les ouvriers chargés des réparations à côté m'ont dit que je trouverais la personne que je cherche ici.

Au son de cette belle voix grave, légèrement cassée, les deux vieilles dames s'éveillèrent. Lucas et Bruce, quant à eux, n'avaient d'yeux que pour les très jolies jambes de la nouvelle venue.

— Et qui est cette personne ? s'enquit Lucas qui avait troqué son regard distant contre un intérêt non dissimulé.

— Celle qui a porté secours aux habitants de Belvoir lors de l'incendie, expliqua l'inconnue en sortant une carte de visite de son sac. Je m'appelle Tamara Golding. Je suis l'attachée de presse de la société des Vignobles d'April Valley. Lorsqu'une personne du domaine a une conduite héroïque, nous tenons à le faire savoir.

— Dans ce cas, c'est moi que vous cherchez, déclara Monique, péremptoire. C'est moi qui ai découvert le feu la première.

— Mais les véritables héros, enchaîna Béatrice, sont les deux hommes ici présents : mon petit-fils Lucas, que voici, et M. Anderson, qui se trouve être notre hôte aujourd'hui. Ce sont eux qui ont sauvé les occupants de la maison.

— Vraiment ?

Le sourire de Tamara Golding s'adressait à tous, mais son regard s'attarda sur les deux hommes.

— Quelle chance de trouver deux stars réunies en un même lieu ! Pourrais-je avoir un entretien avec vous deux, messieurs, ou préférez-vous que nous prenions rendez-vous pour un autre jour ?

Emily examina la visiteuse à la dérobée. Tout en elle était doré, ses cheveux, sa peau soyeuse, sa robe de lin, qui épousait ses formes harmonieuses. Jusqu'aux fines sandales qui chaussaient ses pieds délicats ! Et le vernis à ongles qui ornait ses orteils était du même orangé que celui de ses doigts.

Cette fois, Lucas précéda Bruce pour offrir une chaise à la jeune femme. Celle-ci le remercia d'un gracieux signe de tête.

— Comme vous le constatez, nous ne débordons pas d'activité, dit-il. Nous serons ravis de cet intermède que vous nous offrez là !

Ce ton charmeur, ce sourire dévastateur ! Etait-il possible de se métamorphoser à ce point ? Lucas était d'une humeur exécrable depuis ce matin. On ne l'avait pas vu de la matinée et il n'avait pas desserré les lèvres à table ! Et voilà qu'à présent, il était tout miel ! Bruce, de son côté, n'était pas en reste : il couvrait l'attachée de presse d'un regard admiratif et semblait ne jamais devoir cesser de sourire. Il fallait dire que la gracieuse Tamara les encourageait, s'adressant à eux comme s'ils venaient d'accomplir l'exploit du siècle. Qu'ils créent donc un comité d'adoration mutuelle, fulmina la jeune femme en silence. Pour sa part, toutes ces simagrées lui donnaient la nausée.

Quittant sa chaise longue, elle s'approcha de Béatrice.

— Voulez-vous que j'aille préparer encore un peu de café glacé ?

— Volontiers, ma chérie. Puisque tu vas dans la cuisine, apporte donc le gâteau que tu trouveras dans le buffet.

Après la chaleur de la terrasse, la fraîcheur de la cuisine lui parut divine. Avec un peu de chance, l'activité apaiserait la crise de jalousie que provoquait la visite inopinée.

Pendant que le café passait, elle s'attaqua énergiquement au gâteau, en proie à mille interrogations. Avait-elle raison de laisser le champ libre à cette Tamara Golding, une femme qui avait toutes les apparences d'une redoutable mangeuse d'hommes ? Nul doute qu'en ce moment même, elle déployait ses longues jambes devant son public pour mieux le captiver.

Pourquoi détestait-elle d'emblée une femme qu'elle ne connaissait pas ? Car elle la détestait, aucun doute là-dessus !

Elle sursauta soudain en entendant la voix de Lucas dans son dos.

— C'est le gâteau que tu n'aimes pas, ou as-tu l'habitude de massacrer toute la nourriture à laquelle tu touches ?

Il était si proche qu'elle perçut son souffle sur sa nuque.

Le couteau à la main, elle pivota brusquement et croisa le regard bleu où brillait une lueur amusée. Lucas la dévisagea comme s'il avait affaire à une enfant capricieuse dont il fallait ménager la susceptibilité. Ou pire encore, à une simple d'esprit ! Ce qu'elle était incontestablement, si l'on en jugeait par le vertige qui la saisissait en présence de cet homme !

— Que fais-tu ici ?

— Je vis ici, je te signale.

— Ne fais pas l'idiot. Que fais-tu dans la cuisine quand nous savons l'un comme l'autre que tu préférerais être sur la terrasse ?

D'un geste brusque de la main qui tenait le couteau, elle désigna dédaigneusement la porte-fenêtre. Lucas recula vivement.

— Ne gesticule pas comme ça, bon sang ! On dirait que tu veux me tailler en pièces.

Et comment ! Ravalant la riposte cinglante qui lui venait aux lèvres, elle reposa violemment le couteau sur la table.

— Pourquoi ne retournes-tu pas bavarder avec Mlle Golding ? lança-t-elle d'un ton méprisant.

Un lent sourire se dessina sur les lèvres de Lucas. Un sourire si charmeur qu'elle chancela, la gorge sèche.

— Je pensais que tu avais peut-être besoin d'un coup de main, mais si ma présence t'importune, je veux bien disparaître.

Si seulement il avait pu avoir cette idée avant qu'elle revienne à April Water ! Pourquoi n'était-il pas resté en Afrique ?

Chassant ces regrets inutiles, elle lui mit un plateau entre les mains.

— Si tu veux te rendre utile, porte ça sur la terrasse.

— A vos ordres, chef !

Mais il ne s'éclipsa pas tout de suite, la considéra d'abord d'un long regard bleu.

— Si tu crains que Tamara empiète sur ton territoire, rassure-toi. Bruce n'a d'yeux que pour toi, ajouta-t-il avant de disparaître sur la terrasse.

Dieu ! Comme Bruce était loin de ses préoccupations en cet instant ! D'ailleurs, plus rien ne lui importait. Elle se sentait vide, usée, terriblement lasse. En vingt-quatre heures, elle avait perdu le dernier espoir auquel elle s'accrochait plus ou moins consciemment depuis des années : celui de voir un jour ses rêves d'adolescente devenir réalité.

Combien de fois s'était-elle imaginée rencontrant Lucas par hasard dans les rues de Boston, tous deux se jetant éperdument dans les bras l'un de l'autre ? Ou recevant une lettre d'Afrique lui expliquant qu'il s'était trompé et lui demandant de repartir de zéro avec lui ?

Délires, chimères, fantasmes !

Même son mariage avec George n'avait pas tué ce fragile espoir. Elle l'avait simplement recouvert d'un voile alors, le reléguant dans un coin de son esprit, pour le jour où...

Ce jour était venu à présent et le comportement de Lucas lui ouvrait les yeux : ce rêve qu'elle avait nourri pendant des années n'était qu'un leurre.

Comment s'étonner qu'il lui résiste ? Elle se sentait pathétique.

— Emily Jane ?

Elle tressaillit, surprise qu'il soit de retour dans la cuisine. De nouveau, il la contemplait d'un regard étrange.

— Excuse-moi, murmura-t-elle. Tu disais quelque chose ?

— Tout le monde t'attend.

Tout le monde, sauf lui...

— Dis-leur de ne pas s'occuper de moi.
— Qu'est-ce qui te chagrine encore ?
— Il faut que j'appelle l'aéroport.
— L'aéroport ? Pourquoi ?
— Pour réserver mon billet d'avion.
— Où vas-tu ?
— A Boston.
— Peut-on savoir pourquoi ?
— Je dirige une entreprise, je te signale. Elle ne s'est pas arrêtée de tourner parce que ma grand-mère a besoin de moi ici.

Sa propre mauvaise foi la stupéfia elle-même. A l'entendre, on avait exercé des pressions sur elle pour qu'elle vienne à Belvoir, alors qu'elle avait pris sa décision de son propre chef. Et si elle s'en mordait les doigts aujourd'hui, elle ne pouvait s'en prendre qu'à elle-même.

Elle n'ignorait pas qu'elle tentait le sort en revenant sur le lieu de ses amours de jeunesse. Elle en était même parfaitement consciente. Quelle erreur de s'être crue suffisamment solide pour affronter le passé ! Hélas, il était trop tard pour faire marche arrière.

La vérité s'imposa alors avec une cruelle évidence. Elle aimait toujours Lucas, elle éprouvait pour lui le même amour inconditionnel et désespéré qu'autrefois !

Chancelante, elle s'appuya au dossier d'une chaise en jetant un regard désespéré vers le jardin. Comment s'enfuir ? Lucas lui barrait le passage ! Et il ne comptait pas s'effacer. Elle le devina à son regard déterminé, à sa posture, jambes légèrement écartées, solidement rivées au sol.

A cet instant, il s'éclaircit la gorge et planta résolument son regard dans le sien, comme s'il la mettait au défi de lui résister. En revanche, le pli de sa bouche, lui, exprimait un profond désarroi.

— Il n'est pas question que tu repartes, Emily Jane !

6.

Emily tressaillit. Fallait-il voir une quelconque lueur d'espoir derrière ces paroles ?

— Ah bon ? fit-elle. Et pourquoi ça ?

— Tu oublies ta grand-mère. Contrairement à ce que vous pensez toutes les deux, son état est extrêmement précaire. Si tu t'en vas, elle risque d'accuser sérieusement le coup.

Dissimulant tant bien que mal sa déception, Emily rétorqua d'un air crâne.

— Ce n'est pas une absence de quelques jours qui va l'anéantir.

— Tu n'en sais rien. Et puis, pourquoi cette brusque décision ? Il y a urgence ?

— Une entreprise ne tourne pas toute seule !

Il haussa un sourcil moqueur.

— Demande à ton patron de t'accorder un congé pour t'occuper d'une parente malade.

— Mais je suis mon propre patron !

— Dans ce cas, engage un collaborateur !

Décontenancée, Emily soupira. Pourquoi cet acharnement à la faire rester, alors qu'il ne supportait pas sa présence ?

— Il n'est pas question que mes employés fassent mon travail à ma place. Ils ont bien assez du leur, d'autant que c'est l'époque la plus chargée de l'année.

— Ah bon ? Et quel genre d'entreprise diriges-tu, pour que tes employés ne puissent pas te remplacer en cas de besoin ?

— J'organise des réceptions, des cocktails ou des simples dîners.

— Alors t'assurer du nombre adéquat de petits fours prime sur le bien-être de ta grand-mère ? ironisa-t-il sans masquer son mépris. Voilà qui en dit long !

— De quel droit déprécies-tu mon gagne-pain, riposta Emily, hors d'elle, quand tu n'as pas la moindre idée de ce qu'il représente ?

— Mais je ne demande qu'à apprendre ! Passes-tu des nuits blanches en te demandant si le caviar sera à la hauteur ou le champagne suffisamment frais ?

— C'est justement sur ce genre de détail que la clientèle me juge, figure-toi. Tout comme toi, tu dois avoir un stéthoscope en bon état quand tu examines un patient ! Je ne dénigre pas ton travail en m'attaquant à des détails triviaux, et j'attends de ta part le même respect. J'ai vingt employés sous mes ordres, sans compter le personnel intermittent prêt à intervenir au pied levé. Je possède sur le bout des doigts l'art d'organiser une réception, qu'elle soit intime ou mondaine, qu'il s'agisse d'un bal masqué ou d'un dîner sélect. Et moi, au moins, je rends les gens heureux. On ne peut pas en dire autant de toi !

Le regard bleu se fit pénétrant.

— De quel droit affirmes-tu une chose pareille ? Tu ne sais rien de moi !

— Je t'ai vu grandir, et maintenant, je te vois vivre. Cela me suffit pour comprendre que tu es un moins que rien sur le plan des sentiments ! Il y a dix ans, tu aurais risqué ta vie plutôt que de refuser ton assistance à quelqu'un. Regarde ce que tu es devenu ! Tu te cloîtres à longueur de journées dans un laboratoire stérile en compagnie d'une armée de bactéries, l'œil collé à un microscope. Tu parles d'un engagement humain !

Lucas avait blêmi. Ses yeux bleus avaient pris la teinte inquiétante d'un ciel d'orage.

— Tu ne sais pas ce que tu dis ! Si je ne me souciais pas de mon prochain, crois-tu que je passerais ma vie enfermé dans un labo à essayer de trouver la molécule miracle contre ces maladies qui déciment des populations entières ? Crois-tu que je trouverais le courage de persévérer malgré les échecs et l'absence d'encouragements ?

— Tu cherches à te donner bonne conscience, c'est tout ! Ce ne sont pas les hommes qui t'intéressent, mais la solitude et les tubes à essai !

Un silence stupéfait suivit ces mots. Puis, contre toute attente, Lucas éclata de rire.

— Si on m'accuse un jour de laisser mes émotions interférer avec mon travail, je saurai quoi répondre ! Merci, Emily Jane. Je te revaudrai ça.

— C'est facile de se retrancher derrière l'ironie !

— Renseigne-toi avant d'avancer des affirmations péremptoires, ma jolie !

— Je ne suis pas « ta jolie » ! Et je ne fais que reproduire ce que tu as fait toi-même en te moquant de mon métier !

Il esquissa un imperceptible haussement d'épaules.

— Très bien, je m'excuse. Je ne voulais pas sous-estimer tes mérites. Mais, pour en revenir à nos moutons, ton travail ne te donne pas le droit d'abandonner ta grand-mère à un moment où elle est particulièrement vulnérable. De plus, tu viens juste d'arriver.

— Je sais, mais je veux...

— On ne fait pas toujours ce qu'on veut, coupa-t-il avec impatience.

Il l'interrompait sans cesse, ne la laissait même pas se justifier ! Excédée, Emily riposta en utilisant la seule arme qu'il lui restait :

— Ça, je suis bien placée pour le savoir, figure-toi ! J'ai chèrement payé le fait de t'avoir voulu un jour.

Il avait blêmi. Elle crut qu'il allait perdre contenance, mais il se reprit aussitôt.

— Moi aussi, répondit-il d'une voix blanche. Crois-tu que j'ai vécu ce qui s'est passé entre nous de gaieté de cœur, alors que j'étais fiancé à une autre ? Je suis désolé que tu aies souffert et je regrette sincèrement que tu aies perdu cet enfant. Si je l'avais su d'ailleurs, peut-être n'aurais-je pas épousé Sydney. Seulement, tu as choisi de te taire et j'ai honoré l'engagement qui me liait à elle. Maintenant, pour en revenir à ta grand-mère, sache qu'elle a besoin de toi. Moralement, tu n'as pas le droit de t'en aller.

— Pour qui me prends-tu, enfin ? Je ne vais pas l'abandonner !

— Ah bon ? Et que comptais-tu faire ?

Prise de court, Emily réfléchit à toute vitesse.

— L'emmener avec moi.

— Dans son état, cela m'étonnerait qu'elle accepte de t'accompagner.

— Pourtant, je dois partir.

— Et le téléphone, ça existe, bon sang ! Pourquoi faut-il toujours que l'appât du gain prime sur le reste ?

Exaspérée par l'obstination de son interlocuteur, la jeune femme se résolut à avouer la vérité. Elle baissa la tête.

— Décidément, murmura-t-elle, tu ne comprendras jamais rien à rien ! La vraie raison de mon départ, c'est que je ne supporte pas de vivre sous le même toit que toi. C'est trop douloureux.

Elle sentit sans le voir son regard incrédule peser sur elle. Elle ne parvenait pas à relever la tête.

— Comment ça, douloureux ? demanda-t-il enfin.

— C'est que... cela réveille trop de souvenirs, trop d'espoirs déçus. J'essaie de te regarder autrement, puisque tu prétends avoir changé, mais je n'y arrive pas. A mes yeux, tu resteras toujours celui dont je suis tombée amoureuse... Alors buter contre toi en permanence, cohabiter avec toi... C'est insupportable.

Elle releva la tête, curieuse de la réaction qu'il aurait.

Mais le visage masculin resta indéchiffrable. Seuls ses doigts, qui se mirent à tambouriner sur la table, trahissaient l'état de tension dans lequel il se trouvait.

— Ta grand-mère sait-elle ce qui s'est passé, Emily Jane ?

— En partie seulement. Elle ignore ma grossesse... et que c'est moi qui ai pris l'initiative.

— Dans ce cas, je comprends son hostilité à mon égard ! A supposer que je lui offre mon aide pendant ton absence, elle la refusera : à ses yeux, je dois être le monstre qui a défloré sa petite-fille préférée ! Le problème, c'est qu'il lui faut une surveillance médicale étroite. Tu sais, Emily, il ne faut pas se laisser abuser par son apparente solidité. La seule chose qui la maintienne debout, c'est son orgueil et sa détermination à survivre à ma grand-mère.

Emily ne répondit pas. Une ombre féminine se profilait derrière Lucas.

— Je vous dérange ? s'enquit Tamara d'un ton qui oscillait entre regret et amusement.

— Pas du tout, répondit Lucas avec un sourire qui mit Emily au supplice. Que pouvons-nous faire pour vous ?

— J'aimerais vous poser encore une ou deux questions avant de partir.

— Quoi ? Vous nous quittez déjà ?

— Oui. J'aime bien être à la maison quand mon fils rentre de l'école.

— Oh, je ne savais pas que vous étiez mariée ! s'enquit Emily, qui croyait entendre là la meilleure nouvelle de la journée.

— Je suis veuve, répondit Tamara en baissant les yeux.

— Oh... Je suis désolée, balbutia la jeune femme, confuse.

Tamara la remercia d'un signe de tête contrit avant de concentrer de nouveau son attention sur Lucas, qu'elle entraîna dans le jardin.

— Je me demandais ce que vous penseriez de...

Sa voix mourut tandis qu'ils s'éloignaient. En proie à une indicible tristesse, Emily suivit des yeux leurs deux silhouettes, puis monta dans sa chambre. Elle n'avait pas envie d'affronter les regards.

Par sa fenêtre entrouverte, elle perçut le murmure d'une conversation entrecoupée de rires. De temps à autre, le bruit léger d'un glaçon contre le cristal d'un verre ajoutait une note de gaieté supplémentaire aux éclats de voix. Tamara semblait avoir oublié que son fils l'attendait.

Torturée par la jalousie, Emily avait l'impression de revivre les sensations éprouvées le jour où Lucas était venu présenter Sydney à Belvoir. Pourquoi se montrait-il si agréable avec les autres et si détestable avec elle ? Le seul et unique péché dont elle s'était rendue coupable n'avait-il pas été de l'aimer ?

Elle s'allongea sur son lit, en proie à une crise de larmes. Elle l'aimait encore, c'était évident. Mais pourquoi ? Cet homme avait changé, il était devenu arrogant, odieux même...

Elle enfouit la tête dans l'oreiller pour étouffer ses pleurs. Il fallait que les choses changent. Elle ne pouvait se laisser traiter en pestiférée par le seul homme de sa vie ! Car malgré l'âge et l'expérience, elle était aussi éprise de Lucas Flynn qu'à quinze ans.

Lucas s'efforça d'ignorer l'absence d'Emily au dîner. Madame boudait ? Grand bien lui fasse ! Il s'en voulait encore de la panique qui l'avait envahi lorsqu'elle avait menacé de retourner à Boston. Pourtant, s'il avait possédé un grain de raison, il aurait dû la pousser dans l'avion au lieu de la retenir !

Alors pourquoi laissait-il ses yeux se poser sans cesse sur la chaise vide ? Pourquoi son cœur faisait-il un bond quand l'image d'Emily se jetant sous les roues d'une voiture s'imposait à son esprit ? Et pourquoi cette obsession de la déshabiller pour dévorer de baisers cette peau nacrée dont le goût de miel le hantait ?

Un goût de miel ! Que lui arrivait-il, bon sang ? Il fallait se ressaisir. Dire qu'il frémissait de désir chaque fois qu'il songeait à elle, c'est-à-dire à une fréquence inquiétante ! A son âge, on devait maîtriser ses pulsions, au lieu de se comporter comme un adolescent vivant ses premiers émois.

— Pourquoi Emily Jane ne descend-elle pas dîner ? demanda-t-il d'un ton détaché aux deux douairières.

L'œil noir et vif de Monique Lamartine le fixa.

— Peut-être, répondit la vieille dame d'un ton très sec, que certaines personnes lui coupent l'appétit.

— Elle était endormie quand j'ai jeté un coup d'œil dans sa chambre, tout à l'heure, déclara Béatrice. Je n'ai pas voulu la réveiller. Elle avait l'air épuisée. Et comme hier, elle s'est plainte d'une migraine, je me demande si elle ne couve pas quelque chose. Qu'en penses-tu, Lucas ?

— Je ne pense pas. Mais si cela peut te rassurer, j'irai voir si tout va bien.

— Elle risque de le prendre très mal, observa Monique, toujours acerbe.

— Sauf si je déploie tout mon charme pour l'amadouer, rétorqua Lucas avec son plus beau sourire.

Il lui sembla que les yeux des vieilles dames se mettaient à briller de curiosité et il regretta aussitôt cet engagement qu'il avait pris. Il attendit donc que les grands-mères se soient retirées dans leurs chambres pour s'exécuter.

Les deux petits coups qu'il frappa restèrent sans réponse. D'une main hésitante, il poussa donc la porte et risqua un œil prudent à l'intérieur. Emily dormait.

Elle était vêtue d'une mince combinaison de soie. Près d'elle, une petite lampe éclairait ses traits d'une lueur mordorée. En approchant, Lucas tressaillit : il y avait des traces de larmes sur ses pommettes. Pourtant, le visage féminin exprimait, dans son sommeil, une confiance juvénile.

Comme elle semblait frêle ! Presque fragile. Dire

qu'hier, elle avait été à deux doigts de perdre la vie ! A une seconde près, la voiture...

Chancelant, Lucas s'assit au bord du lit et se passa la main sur le visage. Pourquoi ne cessait-il de se tourmenter à l'idée qu'elle avait failli mourir, au lieu de se réjouir qu'il ne lui soit rien arrivé ? Voir les choses sous un angle négatif n'amenait à rien et ne pouvait que miner un homme. Et puis, ce n'était pas parce qu'il avait perdu Sydney qu'Emily risquait...

Il se figea. Sydney était son épouse ! Comment pouvait-il placer Emily sur le même plan ? Une femme qu'il n'aimait même pas !

A moins que...

Non, il ne l'aimait pas ! Il n'était même pas certain de l'apprécier. C'était une peste ! Une peste séduisante, mais une peste quand même !

Bercé par la respiration régulière de la jeune femme endormie, il laissa vagabonder ses pensées. Il fallait reconnaître, songea-t-il, que cette vie monacale qu'il menait depuis trop longtemps ne lui convenait pas. Il avait un tempérament qui ne le portait pas à l'abstinence, au contraire. De plus, même lorsque Sydney partageait encore sa vie, les relations physiques étaient loin de le satisfaire. Certes, mille autres idéaux les rapprochaient, Sydney et lui ! Ils formaient un couple soudé, travaillant sans relâche côte à côte, main dans la main, si concentrés sur leur tâche qu'il leur restait peu d'énergie, le soir venu, pour partager des moments plus intimes.

Il en était là de ses réflexions lorsque Emily eut un léger mouvement. Il baissa les yeux. La jeune femme avait le regard rivé sur lui.

— Tu as pleuré, dit-il.

— Qui, moi ?

Sans réfléchir, il suivit du doigt le tracé des larmes sur la joue d'Emily.

— C'est toujours ton mal de tête ?

— Non. C'est toi.

Encore cette manière directe de dire les choses, qui le prenait au dépourvu. Depuis toujours, Emily s'exprimait sans mâcher ses mots. Elle ne s'était jamais préoccupée des conséquences de ses paroles, jamais excusée d'avoir mis les pieds dans le plat. Et Lucas devait bien s'avouer que pour lui, c'était là une qualité inestimable. Pourtant, il ne put s'empêcher de jouer la mauvaise foi.

— Comment ça? demanda-t-il d'un ton innocent.

— J'ai envie de te rendre heureux, de te ramener à la vie! murmura-t-elle en lui prenant la main et en la pressant contre sa joue. Tu comprends?

Un frémissement le parcourut. Se doutait-elle seulement de l'effet qu'elle produisait sur lui? Il sembla à Lucas que sa propre voix rendait un son raque quand il répliqua :

— Je ne suis pas mort, Emily. Et puis, ce n'est pas à toi de faire mon bonheur.

— Même si c'est ce que je désire le plus au monde?

Lui lâchant la main, elle se redressa sur un coude. La fine bretelle de sa combinaison glissa sur son épaule. Malgré lui, Lucas sentit son regard attiré vers la naissance de la gorge parfaite qui s'offrait si généreusement à ses yeux.

Un violent tremblement le parcourut. Il avait envie de la toucher, de goûter ce corps, de le posséder.

La gorge sèche, il se détourna.

— Ne me pousse pas à bout, Emily. Nous nous détesterions demain.

S'agenouillant sur le lit en un gracieux mouvement, elle lui saisit le visage entre ses paumes pour l'obliger à la regarder. Puis, lentement, elle lui passa les doigts dans les cheveux, jouant avec ses mèches brunes, inconsciente de la torture qu'elle lui infligeait.

— Je ne pourrai jamais te détester, Lucas.

— Pourtant, tu vois bien que j'ai changé.

— C'est l'homme qui se cache derrière cette façade qui compte pour moi. Celui que j'ai toujours aimé.

Subjugué, il contempla cette bouche magnifique qui venait d'avouer. Adolescente déjà, elle dégageait une féminité exquise. Une féminité qui s'enrichissait aujourd'hui d'une sensualité à fleur de peau, radieuse révélation qui le tenait presque en extase. Un frisson parcourut tout son corps. S'enfouir en elle, se laisser envelopper par sa douceur, s'y perdre avec ivresse !

— Cet homme-là n'existe plus, énonça-t-il d'une voix mal assurée. Il a perdu son âme.

Les pupilles d'Emily luisaient dans la douce lumière orangée, miroirs tranquilles où se reflétait la turbulence des émotions.

— Tu en es sûr ?

Il eut une contraction douloureuse. Quelles certitudes lui restait-il ? Il s'était cru sûr de sa vocation, sûr de vouloir se consacrer aux déshérités, construire sa vie avec Sydney dans ce pays lointain. Au bout du compte, il ne gardait que le goût amer d'illusions détruites, d'idéaux enterrés avec sa femme. Il faudrait être fou pour faire espérer à Emily quoi que ce fût d'autre.

Un instant, un bref instant de folie, il fut pourtant tenté de reprendre espoir. Puis il haussa les épaules.

— J'en suis certain, murmura-t-il.

— Moi aussi.

Avec une calme détermination, elle s'approcha encore et s'empara de ses lèvres. Sous cette bouche chaude, mobile et douce, si douce, il fondit.

D'une caresse, il repoussa l'autre bretelle de la combinaison, qui glissa dans un froissement, dénudant Emily jusqu'à la taille.

A la seconde où leurs bouches fusionnèrent, le peu d'empire qu'il gardait encore sur lui-même disparut. Rien ne comptait plus que l'envie de revivre l'ivresse qu'ils avaient partagée autrefois. Une seule fois.

Peut-être aurait-il tout de même pu résister si, d'un geste audacieux, elle ne lui avait pris la main pour la placer sur sa gorge. Sous sa paume, il perçut les battements passionnés de son cœur. Levant les yeux vers le visage de la jeune femme, il y lut un désir égal au sien.

Renversant la tête en arrière, Emily s'offrit alors totalement à lui. Cet abandon dénotait une telle confiance qu'il sentit une sourde émotion poindre en lui, comme un imperceptible frémissement de l'âme. Peut-être n'avait-il pas tout perdu, après tout ?

— Oh, Emily !

Ce cri étranglé qu'il ne put retenir signa sa défaite. Cette femme avait raison ! Il n'avait jamais été honnête à son égard. Il ne pouvait pas plus lui résister qu'il ne pouvait cesser de respirer.

— Ne dis rien, Lucas ! Ne gâche pas cette magie des corps. Je ne te demande rien. Ni des promesses, ni des aveux. Laisse-moi t'aimer, juste une fois, juste cette nuit.

Quel but véritable poursuivait-il en entrant dans cette chambre ? S'assurer qu'Emily allait bien ? Allons donc ! Ne cherchait-il pas plutôt à apaiser le désir qui le torturait ? N'avait-il pas, comme un chien en maraude, attendu ce moment dès l'instant où sa grand-mère l'avait incité à monter voir la jeune femme ?

« Moi, au moins, je rends les gens heureux, avait dit Emily cet après-midi. On ne peut pas en dire autant de toi ! »

Le dégoût qu'il s'inspira soudain l'emplit d'une brusque nausée. Jamais plus il ne pourrait se regarder en face s'il abusait de ce qu'elle lui offrait si naïvement.

Elle dut percevoir son mouvement de recul, car elle noua les bras autour de son cou et déposa sur sa bouche un sublime baiser.

Ces lèvres délicieuses qui jouaient avec les siennes faillirent lui faire perdre la raison. Il les goûta comme on savoure un fruit défendu, avec volupté, pour en apprendre tous les secrets...

Le gémissement de plaisir qui lui échappa le ramena à la raison.

— Non ! s'écria-t-il, soudain écœuré par sa propre faiblesse.

D'un geste brutal, il se dégagea, parcourant la pièce du regard comme s'il s'éveillait d'un rêve.

Puis ses yeux se posèrent sur Emily. La jeune femme était immobile. De grosses larmes roulaient sur ses joues.

Devant cette détresse muette, il eut envie de la prendre dans ses bras, de la consoler, de lui expliquer... Mais qu'y avait-il à expliquer ? Il ne comprenait pas bien lui-même ! Il s'était cru immunisé contre le charme féminin, mais venait de s'apercevoir qu'il avait désespérément besoin de cette femme, et d'elle seule. Seulement voilà : il ne la méritait pas !

— Tu ne me désires pas, c'est ça ?

La tristesse déchirante de cette voix misérable, de ce regard sublime lui furent soudain insupportables.

— Si, je te désire, Emily. Tu ne peux imaginer à quel point je te désire ! Mais je refuse de me servir de toi. Si tu étais une autre, quelqu'un qui n'attend rien en retour, je n'hésiterais pas. Mais avec toi, ce n'est pas pareil. Je t'ai déjà trop fait souffrir.

— Tu trouves que je suis trop jeune pour toi, c'est ça ?

— Mais non !

Comment lui expliquer ? Comment lui faire comprendre ? Il se passa la main dans les cheveux.

— Tu es différente, Emily. Avec toi, rien n'est pareil... Et ça, je viens juste d'en prendre conscience.

Il vit le visage d'Emily s'illuminer.

— Mais alors, cela simplifie tout !

En toute logique, oui ! Seulement, s'il cédait au désir, il ne pourrait que la blesser. Elle espérait de lui un engagement total, un don absolu. Or, il ne se sentait pas prêt à donner. Trop de doutes sur lui-même, sur ce qu'il pouvait lui offrir, le tourmentaient.

Il prit les mains de la jeune femme dans les siennes et la regarda dans les yeux.

— Cet après-midi, tu m'as accusé de ne pas avoir de cœur. Tu avais raison, Emily. Je suis un homme sans cœur. Je suis incapable d'offrir du bonheur.

Les épaules d'Emily s'affaissèrent comme sous le poids d'un fardeau intolérable.

— Essaies-tu de me dire que nous n'avons pas d'avenir ensemble ?

— Je ne suis pas certain de pouvoir te rendre heureuse, c'est tout. Tant que je ne le serai pas, je ne veux pas laisser se développer une relation trop intime entre nous.

— Je ne te demande rien de plus que ce que tu es prêt à donner.

Elle avait une voix si douce... D'un geste tendre, il effleura les lèvres tremblantes qui s'offraient encore à lui.

— Nous ne partageons pas les mêmes priorités, Emily. J'ai beaucoup changé. Quand tu m'accuses d'être devenu froid et cynique, tu as raison. C'est ainsi, quand on a affronté jour après jour la misère humaine et la maladie. Il ne faut pas avoir de cœur dans ces conditions, sinon, on devient fou. Désormais, mon travail m'absorbe à l'exclusion de tout le reste. Je doute que ce type d'existence réponde à ton attente.

— Du moment que nous sommes ensemble de temps en temps, cela me suffira.

— Pas à long terme. Un jour, tu voudras plus. Et si je suis incapable de te donner davantage, où cela nous mènera-t-il ? Les compromis et les concessions ne durent qu'un temps, crois-moi. J'en ai fait beaucoup durant mon mariage et je les ai tous regrettés.

— Pourtant, tu aimais Sydney !

— Pas assez ! Je ne veux pas t'infliger les mêmes tourments.

Un flot de larmes silencieuses mouillait les joues d'Emily.

— Je sais que tu as tort, murmura-t-elle, mais je ne sais pas quoi dire pour te faire changer d'avis.

Assise ainsi, avec sa combinaison mal rajustée, elle ressemblait à la petite fille d'autrefois. Seulement, elle n'était plus une fillette, mais une femme qui savait ce qu'elle voulait, une femme qu'il se refusait à tromper. Elle méritait mieux que quelques instants de passion partagés. Tant qu'il ne serait pas certain de pouvoir l'aimer comme elle l'espérait, il en resterait là.

— Je ne peux pas te donner ce que tu désires, Emily. Pas encore, pas maintenant.

— Et si je ne peux pas attendre ?

— C'est un risque à courir.

— Comment peux-tu parler aussi calmement ? Cela ne t'effraie pas, de risquer de passer à côté d'une telle passion ?

Il l'étreignit convulsivement.

— Tu n'as pas idée à quel point.

— Mais tu ne peux pas avoir plus peur que moi.

Troublé au-delà de toute mesure par ce corps brûlant pressé contre le sien, il écarta doucement les mèches folles qui envahissaient le visage féminin.

— Si, chuchota-t-il. Toi, tu sais au moins qui tu es. Moi, je suis devenu étranger à moi-même. Je dois me retrouver, m'assurer que je suis encore capable de me comporter en être humain en dehors de mon laboratoire.

— Tu... tu crois que c'est possible ?

Devant le regard implorant qui le fixait, il eut envie de prononcer cette promesse dont ils rêvaient tous deux et de se jeter à l'eau en priant le ciel pour que cela marche.

— Si ça l'est, je te promets que tu le sauras.

Il lui baisa le front presque religieusement, puis s'écarta, de peur que sa résolution faiblisse.

7.

— Il est tout de même bizarre que Robespierre ait disparu depuis l'incendie.

Emily ne répondit pas tout de suite à sa grand-mère. Allongée sur une chaise longue, elle faisait semblant de lire tout en observant du coin de l'œil Lucas, en grande conversation avec la belle Tamara.

Celle-ci avait fait son apparition peu après le petit déjeuner. Fraîche comme une rose, elle avait lancé un joyeux « Bonjour la compagnie ! » et s'était dirigée sans plus de manières vers le seul homme présent. Lucas s'était aussitôt levé pour entraîner la nouvelle venue vers la grande table située à l'autre extrémité de la terrasse, où ils s'étaient installés face à face. Il n'avait pas eu un seul regard pour Emily, qui, de son côté, avait résolu de l'ignorer elle aussi. Mais ciel, que c'était difficile, après la conversation qu'ils avaient eue la veille ! D'autant que Lucas agissait comme s'il ne s'était rien passé entre eux ! Il ne lui avait pas adressé la parole durant le petit déjeuner, puis s'était éclipsé sur la terrasse pour se plonger dans la lecture de son journal. Emily l'y avait suivi un peu plus tard, accompagnée des deux vieilles dames.

— Tu sais, je commence à m'inquiéter sérieusement pour lui, Emily !

Distraite de ses pensées, la jeune femme tourna la tête vers sa grand-mère. Celle-ci la fixait de son regard scrutateur, attendant une réaction. S'efforçant de ne plus laisser ses yeux s'égarer du côté de la magnifique crinière blonde qui touchait presque les cheveux de Lucas, Emily murmura :

— Oh, je suis certaine qu'il se porte comme un charme, grand-mère. Les chats sont très indépendants, tu sais.

Il en fallait plus pour décourager la vieille dame.

— Peut-être, reprit-elle d'un ton obstiné. Mais je me fais du souci. Et tout le monde dit que, dans mon état, ce n'est pas recommandé, ajouta-t-elle, perfide. Alors, sois gentille, va le chercher. Moi, je ne peux pas, avec cette maudite chaise roulante !

— Tu veux que j'y aille tout de suite ? s'exclama la jeune femme, incrédule.

Elle n'avait aucune envie de déserter la place et de laisser ainsi le champ libre à cette Tamara qui, décidément, lui était de plus en plus antipathique.

— Oui, tout de suite ! répondit Monique d'une voix suppliante.

Décidément, cette grand-mère savait y faire pour manipuler les gens à sa guise ! Emily se demanda si, en réalité, la vieille dame ne cherchait pas à l'éloigner de Lucas.

— Emily ?

— Oui, grand-mère, j'y vais !

Elle se leva à contrecœur et ne put s'empêcher de risquer un œil vers le couple. La main de Tamara reposait négligemment sur le poignet de son interlocuteur, qui semblait captivé par la conversation. Rageuse, elle tourna alors les talons et traversa à grandes enjambées la pelouse de Roscommon. Lucas n'avait pas daigné lui accorder un seul regard !

Le soleil se réfléchissait sans éclat sur les vitres noircies de Belvoir, mais les coups de marteau qui retentissaient à l'intérieur de la vieille bâtisse indiquaient que les réparations allaient bon train. Emily fit le tour du bâtiment, mais ne s'attarda pas. Robespierre était particulièrement sauvage et elle était sûre qu'il rôdait à bonne distance de la maison. Elle se souvint qu'à l'époque, il appréciait un certain coin sablonneux, inondé de soleil, situé dans le jardin des Bartlett, les voisins de sa grand-mère. Sans hésiter, elle franchit donc la haie qui séparait les deux propriétés et s'aventura dans le grand parc. Ce fut peine perdue. Un quart d'heure plus tard, elle n'avait toujours pas vu l'ombre du gros chat. Elle eut beau l'appeler, rien n'y fit.

Refusant de rentrer bredouille, elle se dirigea alors vers le Belvédère, situé à la lisière de Roscommon. C'était son dernier espoir.

A l'évidence, l'endroit n'était pas plus fréquenté que durant l'été où elle y avait si souvent attendu Lucas, avec l'espoir qu'il se déclarerait enfin. Le toit et les piliers en fer forgé ouvragé disparaissaient sous une impressionnante couche de rouille, le sol était jonché de feuilles poussées là par les hivers successifs. Les coussins rayés qui recouvraient les bancs étaient éventrés, leur contenu répandu sur le sol par les nombreux rongeurs qui y avaient élu domicile.

L'endroit représentait un terrain de chasse idéal pour tout chat doté d'un solide appétit. Malgré la désagréable odeur de moisi qui imprégnait l'atmosphère, Emily gravit les quelques marches qui menaient à l'intérieur.

Un souvenir douloureux l'assaillit aussitôt. La dernière fois qu'elle s'était réfugiée en ce lieu, elle venait de découvrir sa grossesse. Paniquée, effondrée par le mariage de Lucas, elle avait sangloté là des heures durant...

Les morceaux de son cœur brisé gisaient probablement encore parmi les feuilles mortes...

Cet été-là, elle avait voulu mourir, mais n'avait pas eu le courage de passer à l'acte. Etait-ce une chance ? Pouvait-on dire que, dix ans après, l'horizon s'éclaircissait ?

Accoudée à la balustrade, elle se mit à contempler le parc qui s'étendait à perte de vue. Le souvenir de sa conversation de la veille avec Lucas la hantait.

Que lui avait-il promis au juste ?

Il avait évoqué des possibilités, mais aucune certitude. Que valait une promesse fondée sur des peut-être ? Pas grand-chose, surtout si cette Tamara Golding s'en mêlait.

Déprimée, Emily se laissa tomber sur un banc. Un nuage de poussière s'échappa d'un coussin, si épais qu'elle fut prise d'une quinte de toux. Il lui fallut un bon moment pour se calmer. Puis elle résolut de rester debout et reprit le fil de ses pensées.

Tamara était vraiment belle, il fallait le reconnaître. De plus, elle savait jouer de son statut de veuve et de mère dévouée. Deux atouts aux yeux de Lucas, sans doute...

Un léger bruit s'éleva à l'autre bout du banc, interrompant les méditations d'Emily. Une minuscule souris des champs pointa le bout de son nez hors d'un coussin, puis se figea en percevant une présence étrangère.

La jeune femme n'avait jamais eu peur des souris. Sans doute les six frères Flynn y étaient-ils pour quelque chose : ils n'auraient pas manqué de la tourner en ridicule si elle s'était mise à hurler devant le moindre mulot.

— Tu peux rester, tu sais, murmura-t-elle à l'adresse de la souris tout en s'agenouillant. Je ne te veux aucun mal.

Nullement convaincu, l'animal prit aussitôt la fuite. Emily se releva alors et, scrutant l'horizon, décida qu'il était grand temps de cesser de s'apitoyer sur son sort. Il fallait qu'elle prenne son avenir en main.

— Un avenir dont Tamara Golding sera exclue, déclara-t-elle solennellement, prenant la nature pour témoin.

Une voix masculine la fit sursauter.

— Vous parlez toute seule, Emily ?

C'était Bruce qui, du bas de l'escalier, la considérait d'un œil amusé.

— Je discutais avec une souris, expliqua-t-elle, très gênée, en ôtant des morceaux de kapok de son chemisier. Vous voulez la voir ?

D'un coup d'œil, Bruce embrassa le pavillon abandonné.

— Non, merci. Comme lieu de promenade, il y a plus séduisant.

— Je cherchais Robespierre.

Un immense éclat de rire accueillit cette déclaration.

— Mais il est mort il y a deux cents ans, si je ne m'abuse.

— Non, répondit Emily en esquissant un sourire un peu forcé. Pas le révolutionnaire français, mais le chat de ma grand-mère ! Il a disparu depuis l'incendie. Au fait, comment saviez-vous que j'étais là ?

— Je vous ai aperçue depuis le jardin des Barrett. Dites-moi, ce chat... Est-ce qu'il s'agit d'un gros mâle moucheté qui a la fâcheuse habitude de griffer les jambes de tous ceux qui passent à sa portée ?

— Vous l'avez vu ?

— Il a élu domicile sous la véranda des Barrett.

— Vous pouvez m'aider à l'attraper ?

— Je peux toujours vous montrer où il se cache.

Il fallut une bonne dose de ruse pour convaincre Robespierre de quitter son repaire. Mme Barrett fournit obligeamment une boîte de sardine qui, seule, sut inciter l'animal à obtempérer. Monique retrouva son favori avec une joie à laquelle Emily ne fut guère sensible : à son retour en effet, Tamara occupait toujours la même place au bout de la table, face à Lucas. La belle blonde accapara aussi Bruce dès qu'elle l'aperçut.

— Bruce, quelle chance ! Il faut absolument que je vous parle. J'espère que vous ne serez pas aussi difficile à convaincre que Lucas !

— Je peux me joindre à vous ? s'enquit Emily, refusant de laisser le champ libre à celle que, dans son for intérieur, elle qualifiait de vipère.

— Je ne préférerais pas, rétorqua Tamara avec un sourire faussement contrit. Une autre fois, peut-être.

Interloquée, la jeune femme resta sans voix. Elle se demanda si elle allait sauter à la gorge de sa rivale ou lui lancer simplement une réplique bien sentie. L'intervention de Monique l'empêcha de trancher.

— J'aimerais avoir une petite conversation avec toi, Emily Jane. Accompagne-moi dans ma chambre, veux-tu ?

Emily serra les poings et, sans un mot, poussa le fauteuil de la vieille dame jusqu'à la chambre. Dès qu'elles furent seules, Monique ouvrit les hostilités.

— Tu es toujours amoureuse de Lucas, Emily Jane. Tes yeux ont beau être marron, ils deviennent verts de jalousie dès que tu les poses sur Mme Golding.

Emily ne chercha pas à nier.

Tout en caressant Robespierre, qui ronronnait de plaisir sur ses genoux, Monique reprit avec une douceur qui ne lui était pas coutumière :

— Ce qui m'inquiète le plus, c'est la façon dont Lucas te dévisage. On dirait qu'il te voit pour la première fois. Cela m'effraie, Emily.

— Moi, c'est la façon dont il couve Tamara Golding du regard qui m'effraie.

Une moue amère s'inscrivit sur les lèvres de Monique.

— Quel homme pourrait résister aux attentions d'une femme séduisante, surtout si elle se montre entreprenante ? Méfie-toi, ma chérie. Si tu n'y prêtes pas garde, Lucas risque de te briser de nouveau le cœur. Je me demande s'il ne vaudrait pas mieux pour toi que tu renonces à ce projet d'installation dans la région.

Touchée par l'amour qui transparaissait dans ces paroles et, plus encore, par l'inquiétude qu'affichait sa grand-mère, Emily fondit en larmes.

— Que vais-je faire, grand-mère ?

— Tu n'as que deux options ! Soit tu rayes cet homme

de ton cœur et de ton existence, soit tu te bats pour l'avoir. A toi de décider. Mon rôle se bornera à observer, en priant le Ciel pour que cet individu ne te détruise pas.

— Il y a dix ans, j'ai refusé de me battre et cela m'a détruite. Aujourd'hui, je sens que je dois suivre mon instinct.

Un éclair d'admiration brilla dans le beau regard sombre de Monique.

— Tu es une vraie Lamartine, Emily Jane. Je doute que ce Lucas mérite ton amour, mais je suis fière de ta décision.

Débordante de gratitude, Emily se leva et serra sa grand-mère contre elle.

Béatrice proposa à Bruce et Tamara de rester déjeuner, une invitation qu'ils acceptèrent si volontiers l'un et l'autre qu'Emily se demanda s'ils ne débarqueraient pas un beau matin, leur brosse à dent à la main, pour s'installer définitivement dans la maison. Mais lorsque Tamara voulut s'asseoir près de Lucas, Monique lui barra le chemin en manœuvrant sa chaise roulante à une vitesse stupéfiante.

— Voulez-vous m'aider à m'installer, s'il vous plaît? lui demanda-t-elle d'une voix faible. Toute seule, j'ai du mal.

Profitant de ce que la voie était libre, Emily se glissa aussitôt à côté de Lucas.

— Peut-on savoir quelle est la mystérieuse affaire qui vous a occupés toute la matinée? s'enquit-elle à mi-voix.

— Oh, une idée saugrenue de Tamara. Rien qui puisse t'intéresser.

— Tout ce qui te concerne m'intéresse, surtout lorsque cela comporte des heures en tête à tête avec Tamara Golding.

Lucas, qui s'apprêtait à boire, reposa son verre pour fixer sa voisine de table d'un regard pénétrant.

— T'imagines-tu avoir des droits sur moi à cause de ce qui s'est passé hier soir ?

— Tu me les refuserais ?

Une lueur glaciale voila les yeux bleus de Lucas.

— Tu n'as pas plus de droits sur moi que je n'en ai sur toi, Emily Jane. D'autre part, ni la suspicion ni la jalousie ne risquent d'améliorer nos relations.

— Ne me parle pas comme à une petite fille, Lucas.

— Alors ne te comporte pas comme si tu en étais une. Et cesse immédiatement cette scène ridicule. Je ne le supporte pas.

— Vous réglez vos comptes ?

La voix mélodieuse de Tamara les interpellait de l'autre bout de la table.

— Pas vraiment, répliqua Lucas. Emily Jane aimerait connaître l'objet de notre discussion ce matin. Peut-être pourriez-vous l'éclairer. D'autant qu'elle serait apte à résoudre ce problème de traiteur qui vous chagrine.

Tamara s'exécuta avec une réticence visible.

— Le propriétaire des Vignobles d'April Valley organise tous les ans une fête pour rendre hommage aux personnes qui se sont distinguées au service du domaine. J'ai proposé à Bruce et Lucas d'être nos hôtes d'honneur, en raison de leur rôle dans l'incendie de Belvoir.

Malgré le sourire qu'elle arborait, le ton laissait entendre que les deux hommes auraient été inspirés de laisser certains des habitants de Belvoir griller vifs.

— Malheureusement, le traiteur qui s'occupe habituellement de cette manifestation est paralysé par une grève du personnel, précisa Lucas. C'est bien ça, Tamara ?

— En effet. Le problème ne semble pas près d'être résolu. Or il est très difficile de dénicher un traiteur convenable dans un délai aussi court.

Lucas se tourna vers Emily.

— Qu'en dis-tu ? C'est l'occasion rêvée de faire tes preuves, non ?

— Sans employés ni fournisseurs, je ne vois pas comment je m'y prendrais.

— Voyons, ma chérie ! s'exclama Béatrice avec son enthousiasme habituel. Nous te donnerons tous un coup de main. De quoi s'agit-il exactement, Tamara ?

— D'un défi impossible à relever pour une femme seule, puisqu'il faut organiser un dîner pour deux cents personnes suivi d'une soirée dansante.

En d'autres termes, songea Emily, amère, elle ne tenait pas à ce qu'une autre empiète sur son territoire.

— Je suis sûre qu'Emily s'en tirerait à merveille, répliqua Béatrice avec chaleur. C'est l'événement de l'année à April Water. Cela l'aiderait à se lancer dans la région, puisqu'elle veut s'y établir.

Emily se redressa, son plus beau sourire aux lèvres.

— Pour rien au monde je ne raterais une telle occasion, d'autant qu'il s'agit de célébrer Lucas et Bruce. C'est vraiment gentil à vous d'avoir pensé à eux.

Après le déjeuner, Emily aida à débarrasser la table. Elle chargeait le lave-vaisselle lorsque Tamara vint la rejoindre dans la cuisine.

— Vous avez oublié ceci, lança-t-elle en posant le saladier sur la table.

— Merci de le rapporter.

— Ce n'est rien. Les cuisines m'intéressent toujours. Elles révèlent tant de choses sur les gens qui y travaillent.

D'un regard, elle fit le tour de la pièce, puis ses yeux revinrent se poser sur Emily.

— Au fait, je sais que vous êtes ici pour soutenir votre grand-mère. Je comprendrais donc parfaitement que vous préfériez ne pas vous charger d'une corvée supplémentaire. De plus, il s'agit d'une soirée très sélecte. Je doute vous ayez dans vos bagages une tenue appropriée. Et puis, vous ne faites pas vraiment partie du domaine.

— Mais c'est faux ! Contrairement à ce que vous croyez, j'en fais partie à plus d'un titre : ma grand-mère en est un membre éminent.

Chaine : 42 cm, pendentif : 2 cm

— Votre grand-mère n'est pas concernée non plus, coupa Tamara avec une douceur trompeuse. Il s'agit du domaine des Flynn, auxquels vous n'êtes même pas apparentée.

— Aussi loin que je me souvienne, nos deux familles ont toujours entretenu des liens très intimes. En revanche, je ne crois pas avoir jamais entendu votre nom avant votre arrivée, avant-hier. Depuis quand êtes-vous installée à April Water, Tamara ?

— Depuis la mort de mon mari. J'avais besoin d'oublier des souvenirs douloureux et de prendre un nouveau départ.

— Ce sont les mêmes raisons qui m'ont ramenée ici. J'ai eu le tort, autrefois, d'abandonner ce à quoi je tenais le plus au monde, et j'ai bien l'intention de réparer cette erreur aujourd'hui.

Le message était clair et Tamara le reçut parfaitement, à en juger par la moue dépitée de ses lèvres.

— Dans ce cas, je crois qu'il n'y a rien à ajouter.

— A supposer que nous parlions de la même chose, en effet.

— Cela ne fait aucun doute, ma chère. Au revoir.

La belle blonde quitta la cuisine sans un regard en arrière. Folle de rage, Emily serra les poings. La guerre était déclarée. Et cette fois, elle se battrait jusqu'au bout.

Lucas avait prévu de passer l'après-midi à travailler dans son laboratoire, mais il renonça à ce projet. De toute façon, il se savait incapable de se concentrer. Il s'attela donc au nettoyage des gouttières et au remplacement des montants de bois de certaines parties du toit. Au bout de trois heures, ses jambes le soutenaient à peine à force de monter et descendre l'échelle. Pourtant, c'était le genre d'activité qu'il lui fallait pour réfléchir aux problèmes qui le hantaient.

Le retour brutal d'Emily dans son existence l'avait sorti du cocon douillet dans lequel il s'était enfermé. Avec stupeur, il s'apercevait que son amertume maladive, qu'il croyait incurable, se dissipait. De nouveau, la vie l'intéressait. Le passé, dont il avait cru qu'il le hanterait jusqu'à la fin de ses jours, s'estompait peu à peu et l'avenir lui paraissait soudain plein de promesses.

Comme un homme longtemps exposé au froid et qui se retrouve devant un bon feu, il sentait les sentiments reprendre progressivement leur place dans son cœur en une lente et douloureuse transition. Et cela, c'était à Emily qu'il le devait. Au furieux appétit de vivre qu'avait la jeune femme, à sa stupéfiante capacité à aimer et à pardonner.

Restait à savoir ce que, de son côté à lui, il pouvait lui offrir. Etait-il réellement prêt à franchir le pas ou était-ce seulement le sentiment de culpabilité qu'elle lui inspirait qui le poussait dans ce sens ?

D'un geste énergique, il mit le dernier tasseau de bois en place et contempla son œuvre d'un regard satisfait. Un peu de peinture et le tour serait joué. Comme pour Emily, dont on ne devinait pas les cicatrices malgré les épreuves qu'elle avait traversées par sa faute à lui. Une idée, surtout, torturait Lucas : aurait-elle perdu son enfant s'il avait été là pour la soutenir ? S'il l'avait épousée onze ans plus tôt, peut-être, à l'heure qu'il était, seraient-ils les heureux parents d'un garçon ou d'une fille d'une dizaine d'années...

Le mariage ! Ce simple mot le glaçait. Le sien avait été un échec complet et Emily, de son côté, n'avait pas mieux réussi. Seraient-ils fous au point de recommencer, tous les deux ? Et si oui, comment s'y prendraient-ils pour ne pas répéter leur échec ?

Toutes ces questions qui se bousculaient sans cesse dans son esprit incitaient Lucas à fuir la jeune femme. C'était un tel supplice de se retrouver en face d'elle à table, de voir ses yeux qui le scrutaient, pleins d'espoirs et de reproches... A peine apercevait-il sa merveilleuse silhouette dans un couloir de la maison que l'envie de lui faire l'amour le prenait. Et chaque nuit, il s'éveillait plusieurs fois en sursaut, tremblant de désir. Il lui fallait alors fournir un effort surhumain pour ne pas se précipiter dans la chambre d'Emily.

— As-tu l'intention de passer la nuit sur ton perchoir, Lucas, ou pouvons-nous compter sur toi pour l'apéritif ?

La voix impatiente de Béatrice le fit tressailir. Il eut un sourire.

— J'ai presque fini. Je vous rejoins dans dix minutes.

Les cheveux humides, rasé de frais, il retrouva Béatrice et ses hôtes dans le jardin, une demi-heure plus tard. Assises sous le noyer, les femmes discutaient avec animation. Monique tenait son précieux chat sur les genoux, Béatrice brodait et Emily griffonnait sur un calepin.

— Je ne vois pas où est le problème, disait Béatrice.

— Quel problème ? s'enquit-il en se laissant tomber sur le gazon aux côtés d'Emily.

— Emily craint de ne pas trouver de personnel compétent pour la soirée, mais je suis sûre qu'elle se fait du souci pour rien.

— Tu devrais plutôt laisser Tamara Golding se débrouiller toute seule, ma fille, bougonna Monique.

— Prévoir un menu et organiser un dîner n'a rien de bien compliqué, grand-mère. En fait, cela m'amuse. En revanche, j'aurais bien aimé avoir mes employés habituels sous la main. Ils savent exactement ce que j'attends d'eux.

— Ta place n'est pas dans les cuisines, mais à mes côtés, décréta Monique.

— J'y serai... à condition que je trouve une tenue adéquate. Je n'ai pas le temps de me rendre à San Francisco pour acheter une robe.

— Je te prêterai quelque chose, déclara Béatrice, rassurante. La mode revient aux anciens modèles.

— Ah non ! protesta Monique. Il est hors de question que ma petite-fille porte une vieillerie alors que Bruce Anderson sera son cavalier.

Lucas se raidit.

— Bruce t'a demandé d'être sa cavalière ?

— Et alors ? Tu as bien accepté d'accompagner Tamara, toi !

Piqué au vif, il défia la jeune femme du regard.

— C'est vrai. D'ailleurs, il faudrait que je me préoccupe de ma tenue, moi aussi. Sinon, nous serons deux à sentir la naphtaline à plein nez.

Cette idée fit rire Monique, ce qui réveilla le chat, qui fila aussitôt en direction de Belvoir.

— Attrape-le, Emily Jane ! Vite avant qu'il disparaisse de nouveau.

— J'y vais, déclara Lucas en se levant d'un bond. J'ai besoin de me dégourdir les jambes.

Il éprouvait surtout la nécessité de fuir Emily. Il lui avait demandé du temps, mais la chaleur parfumée de son corps tout proche lui donnait une subite envie d'accélérer les choses. Surtout depuis qu'elle avait mentionné Bruce Anderson.

Oh, il n'était pas dupe. Elle tentait de le piéger avec une ruse vieille comme le monde. Lui qui s'était toujours vanté de n'être ni possessif ni jaloux, il avait tout intérêt à se trouver des occupations durant les quelques jours qui les séparaient de la fête s'il voulait respecter ce principe !

8.

Lorsque Lucas, les bras couverts de griffures, déposa le chat sur les genoux de sa propriétaire, Béatrice déclara :

— Votre faible pour les animaux m'étonnera toujours, Monique.

Cette observation lui valut un regard incendiaire de la part de l'intéressée.

— Est-ce une insulte ? s'enquit celle-ci.

— Pas du tout, répondit Béatrice avec un sourire attendri. Je n'oublierai jamais ce matin où j'étais partie cueillir des framboises et où j'ai découvert un faon mort près de la rivière. Il s'était noyé, le pauvre ! L'idée que vous auriez pu le trouver à ma place m'a terrifiée.

Monique examina son interlocutrice d'un œil soupçonneux.

— On ne m'a jamais parlé de cette histoire.

— Et pour cause ! Nous avions décidé de ne rien vous dire.

— Nous ? murmura Emily.

— Ton grand-père et moi.

A la mention de son défunt mari, le regard de Monique se fit glacial.

— Je l'ai croisé alors qu'il descendait à la rivière. Hiver comme été, qu'il pleuve ou qu'il vente, il n'a jamais dérogé à sa baignade matinale, vous vous souvenez, Monique ?

— Je n'ai nul besoin que *vous* me rappeliez les habitudes de mon époux. Nous avons été mariés presque cinquante ans, même si ce détail semble vous avoir échappé.

Intriguée, Emily interrogea Lucas d'un coup d'œil, mais lui aussi paraissait interloqué. A l'évidence, le récit de Béatrice touchait une corde sensible chez Monique.

Les yeux perdus dans le vague, Béatrice poursuivit.

— Quel homme charmant ! Et si sensible. Son premier souci a été pour vous. Vous veniez de perdre l'un de vos chats préférés — ce siamois impossible qui ne mangeait que du saumon fumé. Pour ne pas ajouter à votre détresse, nous sommes tombés d'accord pour garder le silence sur l'incident. Nous avons enterré le faon en cachette et quelques semaines plus tard, nous avons planté un lilas sur sa tombe. Quand il fleurit chaque printemps, cela me rappelle l'amour qu'il vous portait. Nous avons eu bien de la chance avec nos maris, toutes les deux. Ce n'est pas étonnant que nous n'ayons jamais regardé un autre homme, même après leur mort.

Emue par ces souvenirs, elle essuya furtivement une larme et redressa ses épaules voûtées.

— Si nous passions à table ! reprit-elle d'un ton volontairement enjoué. J'ai acheté ce matin de magnifiques tourteaux qui arrivent tout droit de San Francisco.

Bien que friande de fruits de mer, Monique demeura prostrée sur sa chaise roulante, les yeux fixés droit devant elle.

Inquiète, Emily se pencha sur elle.

— Tu te sens bien, grand-mère ?

Lucas s'approcha également.

— Un problème, Monique ?

Une expression douloureuse voilait les beaux yeux noirs lorsqu'elle les leva vers eux.

— J'ai bien peur que oui, murmura-t-elle d'une voix sans timbre, mais il est trop tard pour y remédier.

Immédiatement, Lucas s'accroupit pour prendre le

pouls de la vieille dame puis, sans rien dire, il poussa la chaise roulante en direction de la maison.

— Que se passe-t-il ? demanda Emily avec anxiété.

— Son pouls est rapide. Comme si elle venait de parcourir dix kilomètres au pas de course.

— Cessez vos messes basses, vous deux ! s'exclama Monique. Je ne suis pas encore à l'article de la mort. Ce qu'il me faut, c'est quelque chose à boire !

— Je t'apporte un verre d'eau immédiatement, dit Emily en les précédant à l'intérieur.

— Pas de l'eau ! Du cognac !

— Je préférerais vous examiner avant de vous laisser prendre de l'alcool, objecta Lucas.

Monique poussa un soupir exaspéré.

— Ecoute, Lucas, je sais ce que je fais, alors fiche-moi la paix ! Béatrice, j'aimerais vous parler en privé dès que possible.

Dès qu'elle fut remise, tout le monde passa à table. Ils venaient à peine d'entamer les tourteaux lorsque le téléphone sonna. Béatrice alla répondre.

— Tamara Golding pour toi, Lucas, dit-elle en réapparaissant dans la salle à manger. Elle semble inquiète. Elle dit que son fils respire mal et que son pédiatre habituel est parti en vacances.

Lucas se précipita pour prendre la communication. Lorsqu'il revint quelques instants plus tard, sa mine résolue n'augurait rien de bon pour Emily.

— Je suppose que tu pars à sa rescousse, lança la jeune femme, ironique.

— Son fils fait une crise d'asthme, Emily.

— Qu'elle l'emmène aux urgences de l'hôpital.

Il lui jeta un regard exaspéré.

— C'est probablement ce que je vais lui conseiller de faire. En attendant, elle est seule, elle panique et elle a besoin de soutien.

— Dans ce cas, qu'est-ce que tu attends ? Vas-y, cours !

Emily fulminait. Il s'agissait d'une ruse de Tamara pour attirer Lucas chez elle, c'était évident, songeait-elle. L'enfant serait miraculeusement rétabli lorsque Lucas se présenterait, elle en aurait mis sa main à couper.

Indécis, le médecin esquissa un geste vers elle, puis se ravisa et tourna les talons.

— Nous en reparlerons à mon retour, Emily, s'exclama-t-il avant de quitter la salle à manger en claquant la porte.

L'incident avait coupé l'appétit à Emily, qui décida de se retirer.

— Si cela ne vous ennuie pas, j'aimerais jeter un coup d'œil dans votre garde-robe tout à l'heure, Béatrice. Si je peux y trouver une tenue pour la soirée, cela me rendra un fier service.

La vieille dame acquiesça avec sa gentillesse coutumière. Une heure plus tard, Emily découvrait avec éblouissement une véritable caverne d'Ali Baba. Oubliant Lucas, elle examina avec délices des tenues aussi diverses qu'élégantes : manteaux de brocart, robes rebrodées de perles, fourreaux de lamé... Elle tomba soudain en arrêt devant une robe en mousseline de soie vert émeraude dont le corsage, retenu par une attache derrière la nuque, laissait le dos entièrement nu. Elle voulut l'essayer aussitôt : à son grand ravissement, elle lui allait à merveille, tout comme les escarpins assortis, d'une finesse exquise.

Relevant ses cheveux d'une main, elle virevolta devant le miroir en souriant. Tamara Golding n'avait qu'à bien se tenir !

Le souvenir de cette femme la fit se rembrunir brutalement. Elle jeta un coup d'œil à sa montre. Presque minuit ! Lucas était parti depuis près de trois heures... Enfilant un peignoir à la hâte, elle descendit téléphoner, non sans s'être discrètement assurée que les deux aïeules s'étaient retirées dans leurs chambres respectives.

Dans le hall, elle composa fébrilement le numéro de l'hôpital et demanda le service des urgences.

— Stuart Golding ? Il a été admis dans la soirée, en effet.

— Comment va-t-il ?

— Très bien. Il est même rentré chez lui vers 9 heures et demie.

Anéantie, Emily reposa le combiné. Une violente nausée la submergea au moment où l'horloge de l'entrée sonnait minuit.

La main sur la bouche, elle se rua dans l'escalier. Si l'amour provoquait des réactions aussi extrêmes, se dit-elle en se précipitant dans sa salle de bains, elle n'était pas près de rééditer l'expérience.

La nausée passa, mais une migraine atroce lui succéda. Otant son peignoir, elle s'allongea sur le lit en appelant le sommeil de tous ses vœux. Un quart d'heure plus tard, elle se rendit de nouveau dans la salle de bains, où elle restitua son dîner.

Elle effectuait sa énième visite à la salle de bains lorsqu'elle aperçut par la fenêtre les phares de la voiture de Lucas dans le jardin. Il était presque 2 heures.

La mort dans l'âme, elle se recoucha et sombra dans un sommeil peuplé de cauchemars.

Son réveil indiquait 9 heures passées lorsqu'elle s'éveilla le lendemain. Aveuglée par le soleil qui pénétrait à flots par la fenêtre, elle se protégea les yeux et s'assit péniblement. Son mal de tête persistait, mais il s'était atténué et son estomac semblait s'être assagi, constata-t-elle en titubant jusqu'à la salle de bains pour se rincer le visage à l'eau froide.

Sa pâleur et ses traits tirés l'affolèrent. Elle se sentait aussi faible qu'un nouveau-né. Presser le tube de dentifrice exigea un effort surhumain. Quant à affronter l'escalier pour prendre la tasse de thé dont elle rêvait...

Juchée au bord de la baignoire, elle se demandait comment regagner son lit lorsqu'on frappa à la porte.

Après s'être éclairci la gorge deux fois sans succès, elle parvint à articuler un vague « Entrez » à la troisième tentative.

— Seigneur ! s'exclama Béatrice en la voyant s'avancer, chancelante. Que se passe-t-il, ma chérie ?

— Je me demande si je n'ai pas attrapé la grippe ou mangé quelque chose que je ne digère pas.

— Les tourteaux ! Je vais chercher Lucas.

Avant qu'Emily ait pu l'en empêcher, la vieille dame s'était esquivée. Lucas apparut peu après, l'air sceptique.

— Il paraît que tu es malade ?

— Ce sont probablement les tourteaux, décréta Béatrice en tamponnant le visage d'Emily avec un linge humide. Quand cela a-t-il commencé ?

— Cette nuit.

La pièce se mit soudain à tourner.

— Excusez-moi, il faut que je me rallonge.

Lucas plaça une main fraîche sur son front.

— On ne peut pas accuser les tourteaux puisque personne d'autre n'est malade. D'autre part, tu n'as pas de fièvre. Je me demande ce qui peut bien provoquer ce mal mystérieux...

Le ton moqueur ne laissait aucun doute : il la soupçonnait de simuler !

— Elle a à peine touché au dîner puisqu'elle a quitté la table juste après ton départ, murmura Béatrice. C'est peut-être une grippe, après tout.

— Ou tout simplement la faim, dit-il en enveloppant Emily d'un regard méprisant.

L'indignation rendit un peu de forces à la jeune femme.

— J'ai été malade toute la nuit !

— Dans ce cas, rien ne vaut des biscottes et du thé sans sucre. Cela opère des miracles sur les femmes qui ont des vapeurs.

— Comment peux-tu te montrer aussi désagréable alors qu'elle a souffert en silence toute la nuit pour ne pas te déranger? s'écria sa grand-mère.

— De toute façon, il n'aurait pas pu m'aider. Le pire était passé quand il est rentré.

A ces mots, Lucas fit volte-face et lui lança un coup d'œil empli de dégoût.

— La maladie ne t'empêche pas de me tenir à l'œil, à ce que je vois. Si ton état ne s'est pas amélioré cet après-midi, fais-le-moi savoir. Je pourrais toujours te prescrire du bicarbonate de soude pour atténuer tes aigreurs.

— Je suis sûr qu'il regrette déjà de s'être montré si dur, s'exclama Béatrice après le départ de son petit-fils. C'est sans doute dû à la fatigue s'il est rentré très tard. Dieu merci, le petit Golding va mieux, paraît-il.

Ça, c'était sûr, songea Emily avec amertume. Et sa mère ne devait pas se porter très mal non plus.

Au fil des heures, l'état d'Emily s'améliora. Non seulement elle fit honneur au thé et aux biscottes, mais elle dévora avec appétit une cuisse de poulet froid et une pomme au déjeuner.

En fin d'après-midi, elle s'habilla pour descendre dîner, sourde aux conseils de Béatrice.

— Il n'est pas question que je prenne encore un repas au lit, expliqua la jeune femme. Je suis parfaitement remise.

Lorsqu'elle fit son apparition dans la salle à manger et prit place à table, elle s'efforça d'ignorer le regard ironique que Lucas posait sur elle.

— Quelle surprise! déclara le médecin. Jamais je ne t'ai vue aussi fraîche et rose. C'est ce qu'on appelle un rétablissement fulgurant.

Blessée par cette attaque gratuite, Emily sentit les larmes lui piquer les yeux. Malgré ses promesses, cet homme ne l'aimait pas et ne l'aimerait jamais.

— Lucas! s'exclama Béatrice avec indignation. Tu fais pleurer Emily.

— Espèce de brute ! marmonna Monique.

Lucas jeta un coup d'œil circulaire, puis, comme s'il n'y tenait plus, posa brutalement sa serviette sur la table et sortit de la pièce.

N'écoutant que son instinct, Emily le suivit. Elle le rattrapa au moment où il s'apprêtait à s'enfermer dans son bureau.

— Une minute, Lucas ! cria-t-elle en essuyant les larmes qui lui brouillaient la vue. J'aimerais tirer les choses au clair.

— Pas moi et je ne risque pas de changer d'avis si tu continues tes petites comédies. Je ne suis pas prêt, je te l'ai dit.

— Moi, je suis prête.

— Ah bon ? Dans ce cas, pourquoi me mets-tu des bâtons dans les roues quand je veux travailler. Je t'ai prévenue que mon métier passait souvent avant le reste et tu as prétendu comprendre, si je ne m'abuse.

— Tout laisser tomber pour courir chez Tamara Golding au moindre appel, cela ne fait pas partie de ton travail !

— Peut-être, mais je suis médecin et je refuse de rendre compte de décisions que j'estime nécessaires. Pas plus que je ne tolère qu'on m'impose un couvre-feu. De plus, il n'est pas question que je me laisse manipuler par une femme qui se conduit comme une enfant dès que les choses ne tournent pas comme elle le voudrait.

Folle de rage, Emily explosa.

— En revanche, tu ne répugnes pas à te laisser manœuvrer par une femme qui n'hésite pas à utiliser un enfant pour parvenir à ses fins. En quoi l'attitude de Tamara est-elle moins répréhensible que la mienne ? Pourquoi lui témoignes-tu une gentillesse que tu m'octroies si parcimonieusement ?

— Son fils a eu une grave crise d'asthme et elle était terrifiée. A juste titre, d'ailleurs, car la dernière fois, Stuart a passé trois jours en soins intensifs sous assistance respiratoire.

— Est-ce pour la rassurer que tu as passé la moitié de la nuit auprès d'elle après sa sortie de l'hôpital ?

— Comment sais-tu cela ?

Impressionnée par la lueur menaçante qui embrasait les yeux bleus, elle battit en retraite.

— Peu importe.

Les derniers vestiges du calme que Lucas affichait encore volèrent en éclats. Sa main s'abattit avec violence sur le bras d'Emily.

— Ne m'oblige pas à répéter ma question, Emily Jane.

Affolée par cette fureur, la jeune femme prit peur.

— J'ai appelé l'hôpital, avoua-t-elle d'une petite voix.

— Tu as donc vérifié mes allées et venues ?

— Oui ! dit-elle, éclatant de nouveau en sanglots. Tu m'as bien surveillée le soir où je suis allée me promener avec Bruce. Nous sommes quittes, à présent.

Ils étaient si proches l'un de l'autre que leurs visages se frôlaient. Si seulement cette poigne impitoyable pouvait se muer en caresse ! songea-t-elle. Qu'il l'enlace, qu'il l'embrasse, qu'il lui murmure qu'il n'y avait qu'elle...

— La jalousie est un sentiment qui me fait horreur, lança-t-il en la relâchant brutalement. Je trouve cela non seulement laid, mais destructeur. Il faudrait être idiot pour tenter d'établir des relations sur de telles bases.

Sur ces mots, il se précipita à l'intérieur de son bureau et claqua la porte.

Emily ne revit pas Lucas de la semaine. Accaparée par la préparation de la soirée prévue pour le samedi suivant, elle dut engager du personnel et dénicher des fournisseurs en un temps record. Se préoccuper des allées et venues de Lucas relevait de la gageure dans ces conditions. Cependant, quand elle se rendait au garage chaque matin pour prendre la voiture que Béatrice mettait à sa disposition, elle constatait que la place réservée au break de Lucas était libre.

Le troisième soir, comme Emily arrivait en retard pour le dîner, Monique déclara :

— J'espère que Mme Golding te sait gré du mal que tu te donnes, au moins.

— Nous nous voyons à peine et c'est beaucoup mieux ainsi. Je supporterais mal de l'avoir sur le dos en permanence. Elle reste dans son bureau, moi dans la cuisine, où elle est persuadée qu'est ma vraie place.

— Quel menu as-tu choisi ? demanda Béatrice avec une mine gourmande.

— Du foie gras frais en entrée, puis du bœuf Wellington et du vacherin aux framboises en dessert. Rien de très original, comme vous le voyez. J'attendrai d'avoir monté ma propre affaire pour proposer des menus plus inattendus. Pour mon coup d'essai, je ne tiens pas à prendre de risques.

Béatrice approuva d'un vigoureux hochement de tête.

— Les hommes seront satisfaits. Ils préfèrent des choses simples.

— Au fait, où est passé Lucas ? Cela fait trois jours que je ne l'ai pas vu, s'enquit Emily en feignant un détachement qu'elle était loin d'éprouver. Je vais finir par croire qu'il m'évite.

— Quelle idée ! Il est totalement absorbé par une expérience capitale dans son laboratoire. Il veut rester en ville jusqu'à ce qu'elle soit terminée.

— Vous pensez qu'il aura fini à temps pour la soirée ?

— Oh oui ! Il a téléphoné hier pour me prévenir qu'il serait là samedi en début d'après-midi, car Tamara doit arriver en avance et c'est lui qui l'amène. Cela lui laissera amplement le temps de troquer sa blouse blanche contre un smoking.

Une bouffée de tristesse envahit Emily. Il rentrait pour Tamara ! Décidément, ses espoirs s'amenuisaient de jour en jour.

Rongée par l'anxiété, elle ressassa pendant deux jours ses griefs et finit par se confier à Monique le vendredi soir.

— Je redoute la soirée de demain, grand-mère.

— Et moi qui pensais que tu attendais avec impatience l'occasion d'éblouir la communauté d'April Water par tes talents d'organisatrice !

— C'est à Tamara Golding que je faisais allusion.

Soudain grave, Monique dévisagea sa petite-fille.

— Tu la considères vraiment comme une menace ?

— Oui. Et je suis sûre que je ne me trompe pas. Une femme amoureuse devine toujours quand une autre cherche à séduire celui qu'elle aime.

A la grande surprise d'Emily, Monique répliqua :

— Pas toujours, ma chérie. Les apparences sont parfois trompeuses.

— Voyons, grand-mère ! Elle se comporte avec lui comme s'il lui appartenait.

— Dans ce cas, il n'y a rien à faire. C'est à Lucas de lui expliquer qu'elle ne l'intéresse pas. Si tel est le cas, bien sûr.

— Alors tu me conseilles de croiser les bras, au risque de le perdre encore une fois ?

— Une femme doit savoir deux choses, Emily Jane : la première, c'est qu'on ne peut forcer les sentiments de quelqu'un. La seconde, c'est qu'il faut savoir faire confiance. Les soupçons peuvent causer des dommages irréversibles.

— Comment puis-je lui faire confiance quand il suffit à Tamara Golding d'agiter son petit doigt pour qu'il accoure chez elle ?

Monique fit pivoter sa chaise vers la fenêtre qui donnait sur le verger et fixa la haie qui séparait Roscommon de Belvoir. Puis, d'une voix presque solennelle, elle prit la parole.

— Je vais te raconter quelque chose, Emily Jane. Pendant des années, j'ai cru que ton grand-père entretenait une liaison avec Béatrice. Un matin, alors que je regardais par la fenêtre de ma chambre, je les ai aperçus, enlacés. Comme s'il devinait que je les voyais, Henri a levé brusquement la tête vers la maison, puis il a entraîné Béatrice sous le couvert des arbres. Quand ils ont reparu, une éternité plus tard, Béatrice sanglotait. Il l'a serrée contre lui jusqu'à ce qu'elle s'apaise, puis s'est écarté et l'a renvoyée vers Roscommon.

— Béatrice et grand-père ! s'exclama Emily, stupéfaite. Mais vous formiez un couple modèle, lui et toi !

— C'est vrai. J'ai attendu qu'il fournisse des éclaircissements de lui-même, persuadée qu'il y avait une explication rationnelle. Malheureusement, il ne l'a jamais fait, malgré mes allusions plus ou moins voilées. Et quand j'ai fini par lui demander ce qui l'avait retenu si longtemps dans le parc, il a prétexté qu'il n'avait pas vu le temps passer.

— Pourquoi ne l'as-tu pas mis devant le fait accompli ?

— Parce que je l'aimais ! Et que j'avais trop peur de le perdre... Une crainte stupide, car nous étions déjà grands-parents et que jamais il ne s'était comporté de façon équivoque à l'égard d'une autre femme. A partir de ce jour, je n'ai plus remis les pieds chez Béatrice et inversement. Ton grand-père est mort deux ans plus tard, mais ce fut deux années pénibles à cause de cette ombre qui planait entre nous. Une ombre dont il n'a jamais compris la cause, hélas...

Une larme roula sur la joue de la vieille dame. Bouleversée, Emily sentit sa gorge se contracter.

— Tu aurais dû t'ouvrir à lui, grand-mère.

Monique acquiesça d'un lent hochement de tête.

— Au lieu de cela, j'ai attendu vingt ans pour m'apercevoir que j'avais puni les deux personnes que j'aimais le plus au monde parce qu'elles avaient voulu m'épargner une épreuve.

Comprenant en un éclair, Emily enlaça les frêles épaules de son aïeule.

— C'était le faon ?

Monique hocha la tête.

— Quel gâchis, n'est-ce pas ? Alors ne commets pas la même erreur avec Lucas. Si tu veux construire ta vie avec cet homme, tu ne dois pas laisser le doute et la jalousie détruire vos relations.

— Lucas m'a tenu à peu près les mêmes propos le lendemain du jour où il est allé soigner le fils de Tamara.

— Il a eu raison. La jalousie peut miner les liens les plus solides.

Après une brève hésitation, Emily murmura :

— La veille, il m'avait laissé entendre que nous avions une chance. Mais à présent, je n'en suis plus si sûre... A dix-huit ans, j'étais prête à l'attendre toute ma vie. A presque trente, je ne suis plus assez naïve pour croire que ce soit possible.

— Est-ce que tu l'aimes ?

— Je l'ai toujours aimé. Lui, de son côté, n'éprouve sans doute pas les mêmes sentiments.

— Lucas possède un caractère farouche et déterminé, comme son grand-père. Il ne supportera pas qu'on lui force la main. Si tu le harcèles, tu le perdras.

Avec une infinie tendresse, Monique pressa doucement les doigts de sa petite-fille entre les siens.

— J'espère qu'il mérite ton amour, ma chérie. Seulement, la seule façon de t'en assurer, c'est de lui laisser la possibilité de choisir.

Le lendemain soir, en enfilant ses bas de soie, Emily resongea aux conseils de sa grand-mère. D'ici deux heures, elle saurait si elle était capable ou non de les suivre.

Elle avait passé la journée à superviser les détails de

dernière minute au siège du Domaine. Parmi le personnel qu'elle avait recruté à la hâte, se trouvaient deux femmes possédant une solide expérience hôtelière. Ce fut à elles qu'elle passa le relais lorsqu'elle dut rentrer à Roscommon pour se changer.

Bruce devait venir la chercher, ainsi que Monique et Béatrice, dans une limousine louée pour l'occasion. Il avait pris soin de leur faire parvenir des fleurs pour agrémenter leurs toilettes respectives. Orchidées pour Béatrice, roses thé pour Monique et deux merveilleux gardénias en bouton pour Emily, qui les fixa dans ses cheveux. Le sautoir de perles de Monique constituait son seul autre accessoire.

Lorsqu'elle apparut dans l'escalier, Bruce ne put retenir une exclamation admirative.

— Tu es magnifique, ma chérie ! s'écria Béatrice à son tour. Tu vas éclipser toutes les femmes de la soirée !

Monique, qui avait troqué sa chaise roulante contre une canne joliment ciselée, vint l'embrasser en murmurant :

— Je compte sur toi pour t'amuser, Emily Jane. Ne gâche pas cette merveilleuse tenue en te languissant dans un coin parce qu'il danse avec une autre !

Emily se félicita que Lucas soit déjà parti : étant donné son humeur lors de leur dernière entrevue, il l'aurait probablement comparée à un sac de pommes de terre.

9.

Le siège des Vignobles d'April Valley était un majestueux édifice en pierre de taille, dont l'architecture sobre et équilibrée s'inspirait des châteaux français de la Renaissance. A l'arrivée de la limousine, une foule nombreuse se pressait déjà dans le hall abondamment fleuri.

La première personne qu'Emily reconnut fut Tamara. Elégamment moulée dans un étroit fourreau en lamé or, elle ne passait pas inaperçue. Emily, qui ne se sentait guère d'humeur charitable à son égard, lui trouva un faux air de momie égyptienne.

Accueillant la jeune femme avec un sourire que celle-ci savait forcé, Tamara lui glissa à l'oreille :

— Prenez une coupe de champagne, je vous en prie. A moins que vous ne préfériez filer tout de suite en cuisines.

Secrètement, Emily se félicita de la présence de Bruce à ses côtés. Certes, le Canadien n'était pas l'élu de son cœur, mais il émanait de lui quelque chose de protecteur, et sa prestance lui valait des regards admiratifs de la part des femmes. La belle Tamara elle-même lui accorda une œillade appuyée.

Après avoir salué plusieurs personnes qu'elle connaissait de longue date, Emily confia les deux grands-mères à son cavalier pour se rendre aux cuisines.

Comme elle l'espérait, l'équipe se débrouillait très bien et elle n'eut pas besoin de s'éterniser. De retour dans le hall, elle constata que Lucas remplaçait Bruce auprès des deux vieilles dames.

— Quel déploiement de fastes! l'entendit-elle déclarer en approchant. Autrefois, ce genre de manifestation n'existait pas.

— Le Domaine a inauguré la formule il y a cinq ans, expliqua Monique. Dieu merci, il y a eu des progrès par rapport à la première fois. Il n'y avait pas assez de chaises pour tout le monde, tu te souviens, Béatrice? A propos, j'aimerais bien pouvoir m'asseoir.

— Ma pauvre chérie! s'exclama Béatrice en prenant Monique par le bras. J'oubliais que ton genou te faisait souffrir. Viens avec moi.

Bras dessus, bras dessous, elles fendirent toutes deux la foule sous le regard médusé de Lucas.

— J'ai l'impression que quelque chose m'échappe, murmura-t-il à l'adresse d'Emily. Comment se fait-il que ta grand-mère n'ait pas encore assommé la mienne?

La gorge sèche, la jeune femme le contempla un instant sans répondre. Dire qu'il était beau eût été un euphémisme. Lucas irradiait littéralement cette séduction virile et nonchalante à laquelle elle n'avait jamais pu résister.

Se rappelant à point nommé le conseil de sa grand-mère, elle détourna toutefois les yeux de ce visage fascinant et s'éclaircit la gorge.

— Je crois qu'elles ont eu une longue conversation l'autre soir. Après vingt ans de guerre larvée, elles ont fini par régler leur différend. Peut-être pourrions-nous essayer de les imiter...

Le regard bleu fouilla avidement le visage d'Emily.

— Crois-tu vraiment que ce soit possible, Emily?

— Pourquoi pas?

Elle avait répondu avec une assurance qu'elle était loin de posséder. Son cœur battait à tout rompre et il ne tenait qu'à un cheveu qu'elle se précipite aux pieds de son interlocuteur pour le supplier de lui jurer qu'il ne regarderait jamais d'autre femme qu'elle. Par bonheur, les avertissements de sa grand-mère la retinrent, là encore, de commettre une telle folie.

— La soirée s'annonce sous d'excellents auspices, déclara-t-elle. Il faudra que je remercie Tamara de m'avoir permis d'y participer.

La lueur soupçonneuse qui s'alluma dans les yeux de Lucas alerta la jeune femme. Elle devait veiller à ne pas en faire trop non plus.

— A propos de Tamara, justement...

A l'immense soulagement d'Emily, l'arrivée de Bruce empêcha Lucas d'achever sa phrase. S'il voulait lui porter le coup de grâce, qu'il attende au moins la fin de la soirée. Maintenant, ce serait trop cruel.

— Il est temps de gagner nos tables, dit Bruce.

— Allez-y sans moi, Bruce. Je vous rejoindrai après une dernière vérification aux cuisines. A tout à l'heure, Lucas. Et bon courage pour ton discours.

— Mon discours? répéta-t-il en fronçant les sourcils.

— De remerciements, bien sûr! lança-t-elle, heureuse de son effet, en tournant les talons.

Aux cuisines, elle vérifia que les assiettes étaient bien présentées comme elle le souhaitait et sourit, satisfaite.

— Attendez encore cinq minutes que les retardataires s'installent pour commencer à servir. Je viendrai vous prêter main forte entre les plats. S'il y a le moindre problème, vous savez où me trouver.

Le couvert était dressé par tables de dix dans une salle aux proportions harmonieuses. D'immenses chandeliers faisaient étinceler l'argenterie et le cristal. Au fond, on distinguait l'estrade qui accueillerait les orateurs.

Assis à quatre tables de celle d'Emily, Lucas tournait le dos à la jeune femme. Dès qu'elle prit place près de lui, Tamara lui posa une main possessive sur le bras et lui glissa en souriant quelques mots à l'oreille.

Consciente du regard attentif de Monique rivé sur elle,

Emily fit de son mieux pour converser avec Bruce entre deux allées et venues aux cuisines. Trop nerveuse cependant, elle se contenta de goûter les mets du bout des lèvres et se rassura très vite : le foie gras était remarquable, le bœuf Wellington parfait et le vacherin aux framboises une véritable réussite.

Sa contribution s'arrêtant là, elle se détendit vers la fin du repas. Le digestif qu'on leur servit l'aida à supporter les simagrées de Tamara, qui minaudait à présent sur l'estrade à côté de Paolo Savardi, le propriétaire du Domaine, pendant que celui-ci remettait des cadeaux aux héros du jour.

Lucas fut le dernier à monter sur l'estrade. Comme Bruce, il se contenta de quelques mots de remerciements. Il allait regagner sa place parmi les convives lorsque Tamara le retint par le bras pour lui plaquer un baiser sur les lèvres.

Une salve d'applaudissements crépita aussitôt. Emily sentit son sang se glacer dans ses veines.

— Voilà qui n'était pas prévu au programme, j'imagine, déclara Béatrice avec une moue dubitative.

Impassible, Monique encouragea d'un coup d'œil sa petite-fille à imiter son indifférence.

— Lucas ne m'a pas paru apprécier outre mesure cette démonstration intempestive, observa-t-elle simplement.

Emily se leva.

— Vous m'excuserez, mais je dois m'assurer que les rangements s'effectuent sans problème aux cuisines. Je vais aussi remercier le personnel avant qu'il s'en aille.

Le prétexte était certes bancal, mais elle devait se remettre de ses émotions ! Lorsqu'elle revint, la fête battait son plein et les danseurs s'en donnaient à cœur joie sur la piste. Bien décidée à en profiter, Emily se dirigea tout droit vers son cavalier.

Elle dansa tour à tour avec Bruce et Paolo Savardi, dont l'assiduité inattendue la surprit et la flatta, d'autant que le propriétaire du Domaine ne tarissait pas d'éloges sur la qualité du dîner.

Elle dansa à s'étourdir, virevoltant sur le sol de marbre dans un nuage de mousseline verte jusqu'à suffoquer. Malgré ses joues en feu, ses tempes bourdonnantes et son souffle de plus en plus laborieux, elle s'acharna avec une gaieté alimentée par le désespoir.

Quelque part, Lucas devait danser aussi, songea-t-elle. Pourtant, elle refusa de le chercher du regard, continuant à rire, à plaisanter et à flirter gentiment avec Bruce et Paolo.

Peu avant minuit, ce dernier lui tendit une coupe de champagne. Dans un nuage, elle remarqua ses mains épaisses, la grosse montre en or qu'il portait au poignet et ses boutons de manchette, en or eux aussi.

— Merci, dit-elle en s'emparant de la coupe.

Elle hésita à boire. Sa gorge lui semblait tout à coup râpeuse, comme si on l'avait passée au papier de verre. Soudain, une autre main fit irruption dans son champ de vision. Une belle main carrée aux doigts fins que prolongeait un poignet auquel elle ne vit ni montre ni boutons de manchette et qui lui ôta la coupe des mains.

— Ça suffit, Emily Jane ! s'exclama Lucas à mi-voix.

Les yeux bleus qui s'emparèrent des siens étincelaient de fureur.

— Tiens, c'est toi, Lucas ? déclara la jeune femme d'une voix étrangement rauque. Où est passée Tamara ?

— Elle danse. Et je propose que nous l'imitions.

Enfin ! Ne pouvant croire à son bonheur, Emily se laissa entraîner loin de Bruce, loin de Paolo Savardi, loin de la foule... si loin qu'ils se retrouvèrent bientôt dehors, parmi les ombres du jardin.

— Où m'emmènes-tu ?

— Te plonger la tête dans le bassin pour te rafraîchir les idées, en espérant que cela te dégrisera.

— Mais je ne suis pas ivre ! J'ai dû prendre en tout et pour tout trois verres de vin dans la soirée.

En effet, si la tête lui tournait et si elle respirait difficilement, l'alcool n'y était pour rien.

— Dans ce cas, tu n'as aucune excuse.

— Pourquoi aurais-je besoin d'une excuse ?

— Pour flirter outrageusement avec un débauché notoire sous le nez de sa femme !

— Bruce n'est pas marié et il n'a rien d'un débauché.

Très lasse soudain, elle se laissa choir sur un banc de pierre. D'une main rude, Lucas l'obligea aussitôt à se relever. Blême de rage, il la fixait d'un regard terrible.

— Ce n'est pas à Anderson que je faisais allusion.

Brusquement, la jeune femme comprit la raison de cette fureur. Son cœur bondit de joie.

— Ma parole ! Tu es jaloux de Paolo Savardi !

Une flamme sauvage embrasa l'expression de Lucas. L'espace d'un instant, elle crut qu'il allait la frapper. Puis une lueur d'une autre nature apparut dans les yeux bleus. Une lueur tourmentée qu'elle reconnut aisément.

— Oh, Lucas ! Cesse donc cette scène stupide et embrasse-moi !

Ces quelques mots semblèrent agir comme un sésame. D'un geste plein de fougue, il l'enlaça et s'empara de ses lèvres.

Offrant son cœur et son corps dans un même élan, Emily lui rendit baiser pour baiser et s'abandonna au feu délicieux qui la consumait. Pour la première fois, elle sentait la même impatience, la même fièvre les animer tous les deux. Plus rien n'importait que cet échange brûlant et passionné qui les emportait dans un même tourbillon.

D'une main habile, Lucas défit prestement l'agrafe qui retenait la robe. Celle-ci glissa dans un imperceptible frôlement, libérant des seins nacrés et frémissants. Un frisson parcourut Emily à l'instant où les perles de son collier entrèrent en contact avec sa peau nue, frisson qui se mua en tremblement lorsque les paumes de Lucas prirent le relais. Puis elle sentit une pluie de baisers s'abattre sur sa poitrine.

Un gémissement incohérent lui échappa alors. Au même instant, des éclats de voix l'alertèrent. « Qu'importe ! se dit-elle. Je suis avec Lucas ! »

Ce dernier, toutefois, dut percevoir les bruits, car il se figea. A la façon dont il contracta les mâchoires, elle comprit qu'il allait la repousser une fois de plus. Cette idée lui fut intolérable.

— Non, Lucas !

Il s'immobilisa, le souffle court.

— Cela ne te suffit pas de t'être donnée en spectacle à l'intérieur ? Tu veux continuer dans le jardin ?

Tandis qu'il parlait cependant, elle le sentait vibrer de désir tout contre elle.

— Viens, dit-elle en entrelaçant ses doigts aux siens.

Mue par une certitude absolue, elle l'entraîna le long d'un sentier obscur qui se perdait dans les arbres. Ils débouchèrent peu après à l'extrémité du parking. Autour d'eux, il n'y avait plus personne, seulement les formes sombres et aveugles des voitures, témoins silencieux et indifférents.

Lucas parut retenir son souffle, comme s'il éprouvait des difficultés à respirer. Un phénomène qu'elle ressentait aussi. Ses poumons la brûlaient, sa gorge s'embrasait, sa respiration s'accélérait...

Elle s'adossa contre une voiture et sentit bientôt le corps de Lucas se plaquer contre elle. Alors, elle capta le regard bleu et prononça plusieurs fois, à mi-voix, le prénom qui était le plus cher à son cœur. Elle le fit avec une telle ferveur que les dernières barrières qui subsistaient entre eux se brisèrent. Repoussant avec une hâte fébrile les vêtements qui faisaient obstacle à leurs caresses mutuelles, ils se grisèrent ensemble jusqu'au vertige. Ils s'exploraient l'un l'autre avec un ravissement avide et émerveillé, leurs mains tremblantes tendues vers un seul but : se découvrir.

Ils s'aimèrent longtemps ainsi, laissant leurs mains et leur bouche explorer le corps de l'autre, puis Lucas souleva Emily et la fit sienne avec une urgence passionnée. La longue attente s'achevait enfin ! Eblouie, la jeune femme renversa la tête en arrière, en proie à un incomparable sentiment de plénitude. Eperdue d'amour, elle fondit, devint autre, femme liane, fluide et magnifique.

Les onze années qui les séparaient de leur première étreinte s'effacèrent comme par magie. Lucas suivit la lente ascension d'Emily vers le plaisir, ralentit pour l'attendre, accorda son rythme au sien. Alors, soudés par la même passion, soulevés vague après vague, ils s'abandonnèrent à l'extase dans un même soupir exalté.

Haletants et tremblants, ils demeurèrent de longues minutes étroitement enlacés, puis Lucas tourna enfin son regard vers le visage d'Emily.

Un torrent de larmes silencieuses inondait les joues de la jeune femme. Glacé soudain, il la reposa sur le sol et rajusta ses vêtements.

— Oh, Lucas ! J'attendais ce moment depuis si longtemps !

Ce furent les seules paroles qu'elle put prononcer, car le visage froid qu'il lui opposa la pétrifia. Etait-ce bien le même homme qui venait de l'aimer avec cette fougue ?

— Je ne sais pas où cela nous mènera, murmura-t-il.

A l'agonie, elle chuchota d'une toute petite voix :

— Ne te détourne pas, Lucas ! Je t'aime.

— Ah bon ? Et combien d'hommes avant moi ont entendu cet aveu touchant ?

Maladroitement, elle rajusta sa robe, puis la lissa du plat de la main. Une sensation bizarre lui oppressait la poitrine, elle étouffait, l'air semblait se raréfier autour d'elle.

— Deux seulement, mais ce n'était la vérité que pour un seul d'entre eux... et ce n'était pas mon mari.

Insensible à cette confession, Lucas lui tourna le dos. Elle eut l'impression que les portes du paradis se refermaient devant elle. Affolée, elle le retint par le bras.

— Où... où vas-tu ?

— Retrouver ma cavalière. A moins que tu n'aies encore besoin de mes services.

Envahie d'une indescriptible détresse, elle se tordit les mains.

— Pourquoi ne me dis-tu pas que cette fois, tu savais ce

que tu faisais? murmura-t-elle. Que faire l'amour avec moi t'importe plus que danser avec Tamara Golding.

— Autre chose? railla-t-il.

— Tu pourrais me dire aussi que... que tu m'aimes, articula-t-elle péniblement.

Un silence terrible les enveloppa.

— Tu ferais mieux de te soucier de savoir si tu ne vas pas être enceinte, lança enfin Lucas d'un ton dur. Pour ma part, c'est bien la seule chose qui m'inquiète.

Emily avait depuis longtemps fait une croix sur la maternité, mais qu'en était-il de l'amour? Le destin lui refuserait-il à jamais cette joie-là aussi?

Visiblement, oui...

— Tu as toujours nourri le ridicule espoir de me sauver de moi-même, que je le veuille ou non, reprit-il, mais t'es-tu jamais demandé si mon âme valait d'être sauvée? Crois-moi, je n'ai pas besoin d'ange gardien pour me remettre dans le droit chemin!

La colère donna à Emily la force de ne pas perdre complètement la face.

— Qu'y puis-je, si je suis suffisamment stupide pour aimer un zombie qui renie le monde des vivants?

— Je vois que tu as enfin saisi le message!

Les yeux brillant de désespoir, elle le contempla sans rien dire, puis baissa la tête. L'étrange douleur lui comprimait toujours la poitrine. Et lorsqu'elle toussa, elle sentit un douloureux raclement au niveau de ses poumons.

— Ramène-moi à la maison, Lucas. Je ne me sens pas bien.

— Ben voyons! Tu n'es jamais bien quand les événements ne tournent pas comme tu le voudrais. Que vas-tu inventer aujourd'hui? Migraine ou indigestion? A moins que tu n'optes pour la double pneumonie.

La voix de Lucas lui parvint comme un écho lointain. Sans répondre, elle s'adossa lourdement contre une voiture.

— Allons, cesse ta comédie, Emily Jane! poursuivit

Lucas, méprisant. Ça ne prend pas ! Tente le coup auprès de ce bon vieux Bruce. Tu auras sans doute plus de succès.

Trop abattue pour lutter encore, la jeune femme attendit qu'il se fût éloigné pour regagner le bâtiment d'un pas défaillant.

Bruce sortait sur le perron quand elle l'atteignit enfin.

— Je commençais à m'inquiéter ! Où étiez-vous passée ?

— En enfer ! Ramenez-moi, s'il vous plaît. Je suis éreintée.

D'un long regard, il la dévisagea, puis murmura :

— Cela ne m'étonne pas. Vous vous surmenez depuis quinze jours.

Sans autre commentaire, il fit chercher la limousine, dans laquelle il l'aida à s'installer. Touchée par cette gentillesse qu'elle ne méritait pas, Emily posa la joue contre la vitre fraîche en se demandant pourquoi ce n'était pas cet homme parfait qu'elle aimait.

Ce satané nœud papillon l'étranglait depuis le début de la soirée ! Egrenant un chapelet de jurons, Lucas lança l'objet du délit à travers la chambre, puis ôta en un clin d'œil sa veste, sa chemise et son pantalon, qu'il jeta également le plus loin possible.

Malgré tout, le parfum d'Emily l'enveloppait encore !

Submergé par la honte, il s'affaissa au bord de son lit, la tête entre les mains. Pourquoi avait-il été incapable de résister ?

Il l'avait prise contre une voiture, sans plus de douceur ou de tendresse qu'un étalon s'attaquant à une jument ! Sa merveilleuse, sa délicieuse, sa gracieuse Emily, pour qui la soirée avait été un succès total, avait terminé en larmes parce qu'il n'avait pas su se maîtriser !

Il approchait de la quarantaine, bon sang ! Comment avait-il pu se comporter en parfait crétin ? Qu'avait-elle de si envoûtant pour qu'il perde la tête dès qu'il effleurait son bras ?

Etouffant un nouveau juron, il se releva et marcha de long en large.

Il pouvait se l'avouer, il venait de redécouvrir le paradis... Mais pourquoi ne le lui avait-il pas dit, à elle, au lieu de l'injurier et de la blesser comme il l'avait fait?

Il ne connaissait que trop la réponse, hélas.

Malgré les souffrances et les années écoulées, Emily avait conservé la même extraordinaire innocence, la même foi indéfectible dans le bonheur. Lui, au contraire, ne croyait plus à rien. Comment pourrait-il être à la hauteur de ses espérances? S'il lui cédait, il savait que, tôt ou tard, la flamme qui animait ses magnifiques yeux bruns s'éteindrait à cause de lui.

Il ne s'agissait pas de savoir s'il l'aimait ou non, mais de décider si l'amour qu'il lui portait suffirait. Emily n'était pas Sydney. Elle ne partageait pas la passion que son métier lui inspirait. S'ils vivaient un jour ensemble, elle n'admettrait pas qu'il consacre le plus clair de son temps à ses expériences, au détriment de leur couple.

Allons, il l'avait suffisamment déçue comme cela! Il n'avait pas le droit de continuer à le faire en ne lui offrant qu'une liaison au rabais. C'était un homme comme Bruce Anderson qu'il fallait à Emily! Quelqu'un de solide, de simple, de bon.

A l'idée d'Anderson posant les mains sur Emily, Lucas fut parcouru d'un frisson de dégoût, mêlé d'un sentiment de révolte. Diable, que lui arrivait-il? Exaspéré, il enfila un maillot de bain et quitta sa chambre d'un pas résolu. Il fallait mettre un terme à ces tourments infernaux. Il était grand temps qu'il prenne une décision. Et pour cela, il n'existait qu'un seul moyen, radical.

Il sortit et gagna la rivière qui coulait au fond du parc. Immobile sur la rive, il contempla un instant le flot paisible qui se déroulait sous le clair de lune, puis il plongea résolument. L'eau glacée se referma sur lui, tandis qu'il se laissait entraîner au centre, là où le courant était le plus fort.

Peu à peu, les doutes, l'indécision, les incertitudes se dissipèrent. Ne demeura que cette vérité, qu'il refusait d'admettre depuis si longtemps.

Emily rêvait qu'elle se noyait. L'eau lui emplissait peu à peu les poumons. Elle suffoquait. Un ronflement assourdissant lui parvenait, tout proche. Elle eut beau se débattre, elle ne put faire surface assez longtemps pour aérer ses poumons. Son corps faiblissait. Les roseaux s'enroulaient autour de ses jambes pour l'entraîner vers le fond.

Lucas dansait avec Tamara sur la rive et il ne la voyait pas. Tamara portait une longue robe blanche et Lucas un smoking noir. En riant, Tamara lança son bouquet dans la rivière. Un bouquet de mariée qui se posa à l'endroit même où Emily venait de sombrer...

Monique et Béatrice avaient déjà pris leur petit déjeuner lorsque Lucas descendit le lendemain matin. Le couvert d'Emily, lui, était intact. La jeune femme devait dormir encore.

— Bonjour, Lucas, dit Monique d'un ton lourd de sous-entendus.

— Bonjour, répliqua-t-il d'une voix neutre.

— As-tu bien dormi, mon chéri ? s'enquit Béatrice en lui servant une tasse de café.

— Comme un loir ! Cela ne m'était pas arrivé depuis une éternité.

— Il faut avoir bonne conscience pour bien dormir, fit observer Monique, perfide.

Serrant les dents, Lucas fit la sourde oreille. Il n'était pas question de se laisser déstabiliser par les insinuations de cette vieille dame aigrie, alors que sa baignade nocturne avait eu exactement l'effet désiré. Pour la première fois, il envisageait ses relations avec Emily sous un angle serein et entrevoyait une issue.

Tout à l'heure, il emmènerait la jeune femme dans le petit hôtel situé en haut de la falaise, celui qui surplombait le Pacifique, loin des yeux et des oreilles trop curieux de Roscommon. Là, il lui présenterait ses excuses et lui expliquerait que ce n'était pas elle qu'il avait rejetée cette nuit, mais lui-même. Ensuite... Ensuite, ils prendraient le temps de se connaître, de découvrir les adultes qu'ils étaient devenus. L'attirance qui les poussait l'un vers l'autre était aussi irrésistible qu'indéniable, mais la réussite d'un couple ne tenait pas seulement à des relations physiques harmonieuses. Il projetait donc de faire sa cour de la façon la plus classique qui soit, en invitant sa dulcinée au théâtre, au concert et au restaurant.

— J'ai préparé de quoi faire des pancakes, déclara Béatrice. Avant de m'y mettre, je vais monter voir si Emily est réveillée.

Un silence pesant tomba sur la pièce après son départ. Au bout d'un moment, Lucas n'y tint plus.

— Avez-vous passé une bonne soirée, Monique? demanda-t-il pour se donner contenance.

— Excellente, merci.

— Votre genou ne vous a pas trop fait souffrir?

— Non.

— Tant mieux.

En proie à une nervosité croissante, il chercha comment alimenter la conversation.

— J'ai l'impression que vous allez bientôt pouvoir vous dispenser de chaise roulante.

Le regard noir qui le fixa lui donna l'impression d'être redevenu un petit garçon.

— Et toi, Lucas? Tu t'es bien amusé?

— Eh bien... euh... je ne suis pas un fana des soirées mondaines, vous savez.

— Est-ce pour cela que tu as gâché la soirée de ma petite-fille? Parce qu'elle savait profiter de la fête et pas toi? Jusqu'à ce que tu l'invites à danser, elle s'amusait comme une folle.

Après une pause délibérée, elle reprit :

— Lorsque je l'ai revue, elle ressemblait au gardénia flétri qu'elle portait dans les cheveux. Sa robe aussi, d'ailleurs.

Lucas faillit s'étrangler avec son café. Pourquoi n'allait-elle pas droit au fait ?

— Les gardénias sont des fleurs extrêmement fragiles, à ce qu'il paraît, répliqua-t-il d'un ton posé.

— Tout comme ma petite-fille, Lucas Flynn. Il y a onze ans, tu étais trop jeune et inexpérimenté pour t'en rendre compte, mais j'espérais que tu avais acquis assez de maturité pour t'en apercevoir aujourd'hui.

Affreusement mal à l'aise, Lucas détourna la tête. Quelle bonne âme allait le tirer des griffes de ce barracuda à cheveux blancs ?

Exauçant sa prière, Béatrice surgit sur le seuil. Mais sa pâleur et la main qu'elle posait sur son cœur alarmèrent Lucas.

— Que se passe-t-il, Gran ?

Craignant le pire, il se précipita vers elle.

Béatrice leva vers lui un regard angoissé.

— C'est Emily, Lucas. Tu devrais venir voir.

10.

Connaissant le caractère anxieux de Béatrice, Lucas résolut de conserver son calme.

— Je suis sûr que tu t'inquiètes pour rien, Gran. Et qu'Emily va très bien.

— Justement, non ! Elle est au lit et on entend un horrible raclement dans sa gorge.

La description fit sourire le médecin.

— Un raclement ? Qu'a-t-elle encore inventé ?

Béatrice le secoua avec impatience.

— Mais je ne plaisante pas, Lucas. Emily respire très difficilement. Et en plus, elle ne m'a pas reconnue.

A ces derniers mots, un frisson de panique parcourut Lucas.

— Je monte tout de suite, cria-t-il en s'élançant vers l'escalier.

— Ah, tout de même ! s'écria Monique de l'autre côté de la table. Si quoi que ce soit arrive à ma petite-fille, Lucas Flynn, je te tiendrai pour responsable ! ajouta-t-elle.

Mais Lucas ne l'entendit pas. Le cœur battant à tout rompre, il avait gravi l'escalier quatre à quatre, tout en s'efforçant de se persuader qu'il ne s'agissait que d'une ruse de plus de la part d'Emily. N'était-elle pas en pleine forme la veille encore, quand il s'agissait de danser et de séduire ! C'était seulement lorsqu'il était parti qu'elle avait commencé à se plaindre.

Il perçut le bruit de sa respiration avant même de pénétrer dans la chambre. Comme si Emily luttait furieusement pour oxygéner ses poumons. Cependant, un reste de méfiance l'empêcha d'accepter ce que son instinct lui dictait.

Affectant cet air supérieur qu'il détestait tant chez nombre de ses confrères, il s'approcha du lit.

— Alors, Emily ? On ne se sent pas au mieux de sa forme, ce matin ?

La jeune femme ouvrit les paupières et posa sur lui un regard hagard et vide. Soudain affolé, Lucas murmura d'une voix étranglée :

— Emily ! Est-ce que tu me reconnais ?

— Lucas...

Le nom sembla franchir les lèvres livides d'Emily au prix d'un effort surhumain. La poitrine de la jeune femme se soulevait difficilement, lentement. Trop lentement...

Béatrice avait vu juste, il fallait agir dans les plus brefs délais. Dire qu'il n'avait même pas de stéthoscope sous la main ! songea-t-il. Mais à vrai dire, il n'avait nul besoin d'un stéthoscope pour comprendre la gravité de la situation.

Monique et Béatrice se tenaient sur le seuil à présent. Elles se tordaient les mains d'angoisse.

— Gran, appelez immédiatement l'hôpital et prévenez-le de notre arrivée aux urgences.

— Il vaudrait mieux demander une ambulance, non ? intervint Monique.

— Nous ne pouvons nous permettre d'attendre.

La grand-mère d'Emily s'approcha du lit. Pour la première fois de son existence, Lucas la vit perdre contenance.

— Oh, mon Dieu ! s'exclama-t-elle, le visage décomposé.

Le moment était mal choisi pour céder à la panique. Il prit fermement la vieille dame par les épaules et la poussa vers la porte.

— Redescendez avec Béatrice, Monique. Et précisez à l'hôpital que nous arriverons dans une demi-heure avec un patient souffrant d'insuffisance respiratoire aiguë.

Redressant bravement la tête, Monique répéta faiblement :

— Insuffisance respiratoire aiguë.

Lorsque les deux femmes se furent enfin éclipsées, il s'aperçut qu'Emily était en nage. Il n'était pas question de la faire sortir dans sa chemise de nuit trempée. Il se dirigea vers le placard pour y chercher des vêtements.

— Lucas... Ne... ne me quitte pas.

Il distingua à peine ces mots murmurés par Emily. En un éclair, il fut auprès d'elle.

— Aucun risque, ma chérie.

Quelques minutes plus tard, il la soulevait délicatement dans ses bras, enveloppée dans une couverture, pour l'emporter vers le break garé devant le perron. Sa légèreté le surprit.

— Maintiens-la aussi droite que possible, ordonna-t-il à Béatrice en installant la jeune femme dans la voiture entre les deux grands-mères. Cela facilitera la respiration.

Puis il démarra sur les chapeaux de roues et s'engagea sur la route, pied au plancher. Dans son dos, Monique s'était mise à l'injurier, lui reprochant sa lenteur alors qu'il frôlait les cent quatre-vingts kilomètres/heure. Il approchait du centre-ville lorsqu'un motard de la police l'obligea à stopper.

— C'est une urgence médicale, déclara Lucas en tendant sa carte de médecin. D'ailleurs, j'aurais besoin d'une escorte jusqu'à l'hôpital.

D'un rapide coup d'œil, le policier remarqua le visage livide d'Emily et ceux, terrifiés, des deux vieilles dames.

— Très bien, je vous accompagne.

Toutes sirènes hurlantes, il leur fraya un passage au milieu de la circulation très dense de ce début de matinée, leur faisant ainsi gagner de précieuses minutes.

Une armée de médecins et d'infirmières les accueillirent et prirent immédiatement Emily en charge. Une heure plus tard cependant, aucun progrès n'avait été accompli.

Le Dr Martin Jamieson, qui connaissait Lucas de réputation, prit celui-ci à part dans son bureau.

— Impossible d'émettre de diagnostic précis, Flynn. Nous sommes complètement désorientés.

Lucas n'en crut pas ses oreilles. On s'acharnait sur Emily depuis une heure pour ne parvenir qu'à ce constat navrant !

— Vous devez bien avoir une petite idée, non ?

Le médecin lui tendit le dossier d'Emily.

— Nous avons effectué les tests de routine, vérifié son taux sanguin et...

— Elle est sous oxygène ?

— Oui.

Sourcils froncés, Lucas étudia la feuille qu'il tenait en main en se mordant la lèvre.

— Sa température est très élevée. Il s'agit peut-être d'une pneumonie. Avez-vous effectué une radio ?

Martin Jamieson acquiesça.

— Evidemment. Les résultats viennent de me parvenir. Ses poumons sont effectivement très encombrés.

— Dans ce cas, il faut pratiquer une analyse pour déterminer la nature de l'infection. Sans cela, on ne peut tenter aucun traitement.

— C'est ce que nous essayons de faire, mais elle est trop faible pour expectorer. Et elle ne réagit pas à ce que nous lui disons.

A ces mots, Lucas referma le dossier d'un geste sec.

— Je vais aller la voir.

Il se faisait fort de stimuler Emily. De toute façon, il n'allait pas rester les bras croisés alors qu'elle s'affaiblissait d'heure en heure !

Le Dr Jamieson l'accompagna dans le couloir.

— Je suis à côté si vous avez besoin de moi.

Malgré les oreillers qui soutenaient Emily, la respiration de la jeune femme restait toujours aussi laborieuse. Le même terrifiant raclement s'échappait de sa gorge. Lucas s'assit au bord du lit et lui prit la main.

— J'ai besoin de ton aide, Emily.

Elle battit des paupières et ouvrit les yeux pour les refermer aussitôt.

— Tu... tu es venu.

— J'ai promis de ne pas te quitter, non ?

Ebauchant un vague sourire, elle lui serra faiblement la main.

— Je sais... je sais tout de toi...

Que savait-elle ? Avait-elle seulement idée des pensées qui lui traversaient l'esprit en cet instant ? De la terreur qui lui étreignait le cœur ? De la culpabilité et de la honte qui le rongeaient ?

— J'ai besoin de ton aide, Emily ! répéta-t-il, la gorge serrée.

— Je voudrais dormir.

— Non ! Tu dois d'abord essayer de cracher. C'est important, Emily ! Fais-le pour moi.

Elle émit un soupir interminable.

— Comment peux-tu... être aussi peu romantique ?

— Au diable le romantisme ! Nous aurons tout le temps plus tard. Nous devons d'abord comprendre ce qui te gêne tant pour respirer.

Glissant un bras derrière le dos d'Emily pour la soulever, il appela d'un signe de tête l'infirmière qui attendait, un bassin stérile à la main.

— Allez, vas-y, Emily ! Crache !

La jeune femme s'exécuta avec effort. Puis, exténuée, elle sombra aussitôt dans le sommeil, tandis que l'infirmière emportait en toute hâte le bassin au laboratoire. A l'agonie, le regard voilé par les larmes, Lucas contempla ce corps si frêle mener son combat solitaire.

En fin de matinée, on plaça Emily dans une unité de soins intensifs. Lucas se souvint alors que Béatrice et Monique se trouvaient dans la salle d'attente, où elles trompaient leur inquiétude en avalant du café et de mauvais biscuits. Quittant le chevet d'Emily à regret, il alla les trouver.

— Allez donc vous offrir un déjeuner correct dans un restaurant, suggéra-t-il.

— Comment va Emily ? s'enquit Monique d'une voix blanche.

— Nous faisons de notre mieux pour la tirer d'affaire.

— Est-ce que ce sera suffisant ?

Incapable de supporter le regard suppliant braqué sur lui, il ferma brièvement les yeux.

— Je l'espère.

L'après-midi s'étira sans que Lucas soit capable de rien faire d'autre que de tenir la main d'Emily. Au crépuscule, l'état de la jeune femme avait tellement empiré qu'on la plaça sous assistance respiratoire.

Malgré la compétence et la gentillesse du personnel, une fureur mêlée de frustration s'emparait peu à peu de Lucas. S'il ne sortait pas de cette pièce, il allait exploser... ou s'effondrer. Pour la première fois de sa vie, la peur l'empêchait de conserver son sang-froid. Il se sentait incapable de réfléchir avec toute l'objectivité nécessaire.

— Je descends, dit-il à l'infirmière. Prévenez-moi s'il y a le moindre changement.

Sans savoir comment, ses pas le menèrent jusqu'à la chapelle de l'hôpital. Il n'avait jamais su prier, et pourtant, voilà qu'il se retrouvait dans le seul lieu qui échappait à l'emprise de la science.

Une bouffée de colère le submergea tandis qu'il parcourait des yeux les statues immobiles.

— Allez-y ! hurla-t-il soudain. Prouvez-moi que vous êtes bien réels et que vous vous préoccupez des pauvres humains que nous sommes en sauvant Emily !

Le silence qui succéda à ces mots l'anéantit.

Il s'assit sur un banc de bois et contempla la flamme dansante des bougies qui brûlaient sur l'autel. Des larmes de rage et d'impuissance lui brouillaient la vue. De nouveau, un être mourait devant lui sans qu'il pût rien faire pour l'empêcher.

Seulement, si le pire survenait, il ne pourrait plus s'abriter derrière un quelconque détachement professionnel pour survivre.

Oh, pourquoi n'avait-il pas avoué à Emily que grâce à elle, il était redevenu lui-même, au lieu de tergiverser des jours et des jours ? Grâce à la jeune femme en effet, son existence avait pris un sens nouveau ! Il recommençait à se projeter dans l'avenir, au lieu de subir la vie comme une succession monotone de journées vides d'intérêt.

Malheureusement, son orgueil, son obstination et sa stupidité l'avaient empêché de franchir le pas. Il n'avait pas eu l'humilité nécessaire pour se sentir de nouveau honnête, non seulement avec lui-même, mais envers les autres. Et à présent, le destin le punissait. A son arrivée à Roscommon, Emily vibrait d'énergie, elle était le soleil, la lumière, la joie. Elle lui avait fait recouvrer l'espoir, le désir, l'appétit de vivre, ces dons si précieux sans lesquels plus rien n'a de goût. Elle représentait le passé qu'il avait perdu et l'avenir qu'il redoutait. Mais surtout, elle incarnait son présent, la seule certitude qu'un homme possède en ce bas monde.

Mais lui, de son côté, ne lui avait rien donné. Au contraire, elle s'était décomposée peu à peu à son contact. Il l'avait repoussée, elle avait souffert par sa faute sans jamais goûter au bonheur que lui seul aurait pu lui apporter. Et à présent, malgré tous ses diplômes, il ne pouvait rien faire d'autre que lui tenir la main pendant qu'elle lui échappait peu à peu !

Accablé, il baissa la tête. En seraient-ils là aujourd'hui s'il avait trouvé le courage de lui dire qu'il l'aimait ? Il était trop tard, désormais, pour le lui avouer.

A présent, il était conscient que seul un miracle pouvait la sauver. Mais il fallait pouvoir croire en Dieu pour espérer un miracle. Ce Dieu qui, jamais, ne se manifestait ! Ce Dieu qui s'enfermait dans le silence, le vide, inspirant à Lucas le sentiment de l'inutilité de tout ce qu'il avait entrepris. A quoi bon chercher à soulager la douleur humaine, à sauver des vies ? Au bout du compte, le résultat était toujours le même : l'impuissance !

Que de gâchis, que de souffrance ! Ces enfants morts avant d'avoir pu naître, ces nourrissons infirmes ou malades, abandonnés par des parents trop épuisés par la lutte pour leur propre survie ! Ces adolescents marqués par la guerre, passés subitement de l'innocence à la maturité, avec leurs regards hébétés. Ces grands-parents qui enterraient leurs enfants, puis leurs petits-enfants ! Sydney...

D'innombrables images défilaient dans sa tête, déchirantes, réveillant des émotions qu'il avait enfouies au plus profond de son être sous prétexte d'objectivité. Il se croyait plus fort ainsi ! Mais cette indifférence affectée n'avait fait que durcir et assécher son cœur, qui était devenu aussi aride que ces déserts qu'il haïssait.

« Rien ne vaut des biscottes et du thé sans sucre ! Cela opère des miracles sur les femmes qui souffrent de vapeurs ! » Une plainte étouffée lui échappa. Il avait accueilli d'un sarcasme ce qui était probablement le premier symptôme du mal qui allait tuer Emily. Sans cette insupportable arrogance, il aurait pu agir à temps !

Comment pourrait-il continuer de vivre avec ce poids sur la conscience ?

Il s'enfouit la tête dans les mains et se mit à sangloter comme un enfant. Une à une, les barrières derrière lesquelles il se protégeait depuis si longtemps s'abattirent, laissant là un être vulnérable et nu qui avait tout raté. Emily mourrait comme elle avait vécu : sans qu'il puisse l'aider.

— Oh, mon Dieu... mon Dieu...

Les mots lui échappèrent, supplique désespérée pour implorer un pardon qu'il ne méritait pas, pour quémander la possibilité de réparer ses erreurs avant qu'il soit trop tard.

La porte s'ouvrit doucement dans son dos et la main de Béatrice, cette main consolatrice qui l'avait si souvent soutenu, vint se poser sur son épaule. Monique était là aussi. Il leva vers les deux vieilles dames un visage baigné de larmes. Il n'était plus question de fierté, d'arrogance ou de faux-semblants.

— As-tu du nouveau ? s'enquit Béatrice.

Tout comme son amie, elle avait le visage décomposé par l'angoisse. Lucas secoua la tête.

— Rien.

D'une caresse, elle lui effleura tendrement les cheveux.

— Tu ne dois pas perdre espoir, mon chéri. Je suis certaine que tu réussiras à la tirer d'affaire.

— Je ne sais plus quoi faire, Gran.

— Dans ce cas, tu es venu au bon endroit, mon garçon, déclara Monique d'une voix un peu rauque.

Penchée sur sa canne, la grand-mère d'Emily planta son regard dans celui, baigné de larmes, de Lucas.

— Je compte sur toi pour sauver ma petite-fille, Lucas. Il n'est pas question que tu nous laisses tomber !

Qu'elle lui offrît ainsi une confiance dont il se sentait indigne lui redonna un semblant de courage.

— Je vais tout faire, Monique. Je vous le promets...

Une lueur brilla dans les yeux noirs de la vieille dame.

— Et nous, pouvons-nous faire quelque chose ?

— Oui. J'ai eu beau chercher ce qui pouvait avoir provoqué cette infection, je n'ai rien trouvé. Nous vivons sous le même toit, partageons les mêmes repas, buvons la même eau. Or, Emily est malade et nous sommes en bonne santé. Il nous manque une pièce du puzzle.

— Comment faire ? gémit Béatrice.

— Il faut passer au crible chaque minute de chaque journée, proposa Monique.

— Je récapitule, fit Lucas. Corrigez-moi si je me trompe. Le soir où je suis allé chez Tamara par exemple, Emily est-elle sortie, a-t-elle fait quelque chose d'inhabituel ?

Seul le silence lui répondit. Il insista.

— Réfléchissez. Qui d'autre que nous pourrait savoir?

Le même nom leur vint à l'esprit.

— Bruce Anderson !

— Je lui téléphone immédiatement, lança Monique.

Trois quarts d'heure plus tard, Bruce les retrouvait à l'hôpital.

— Faites-moi un récit détaillé des moments que vous avez passés ensemble, commença Lucas d'un ton énergique.

Le Canadien le dévisagea. Il semblait hésiter sur l'attitude à adopter.

— Vous étiez là la plupart du temps, répondit-il, réticent.

— Le premier soir où vous êtes venu dîner, vous êtes allés vous promener pendant au moins deux heures.

Une lueur méfiante apparut dans le regard de Bruce.

— Quel est le rapport ?

— Je n'en sais fichtrement rien, justement ! Essayez de répondre, je vous en prie ! Emily est dans un état désespéré.

— Eh bien, commença Bruce, comme convaincu, soudain, de la bonne foi de son interlocuteur, nous avons longé la rivière sur un ou deux kilomètres, puis nous sommes rentrés. C'est tout. Les autres fois, nous nous sommes vus chez vous. Sauf hier soir, à la soirée. Mais vous devez en savoir plus que moi à ce sujet.

Reposant brusquement son stylo, Lucas se massa la

nuque. Vingt-quatre heures seulement les séparaient-ils de leur étreinte tumultueuse ? Seigneur !

Il dévisagea Bruce d'un regard suppliant.

— C'est tout ? Vous n'avez rien oublié ?

— Ecoutez, je suis policier. C'est justement mon métier de rechercher...

Le visage pâle, il se figea soudain.

— Si, il y a une autre fois où je l'ai vue. C'était au début de la semaine dernière, à Belvoir, dans ce pavillon près de la rivière.

— Le Belvédère ! s'écria Monique. Tu te souviens, Lucas ? C'était son endroit favori autrefois.

— Qu'y faisait-elle ?

— Elle cherchait Robespierre. J'étais surpris qu'elle s'aventure dans cet endroit infesté de souris.

A ce mot, un signal d'alarme s'alluma dans un coin du cerveau de Lucas.

— Une minute ! Racontez-moi ça en détail.

— Eh bien, il y avait des souris partout, mais cela ne semblait pas la déranger.

— Je veux bien vous croire, murmura pensivement Lucas. Que faisait-elle exactement ?

— Elle s'était assise sur un banc recouvert de coussins en lambeaux, mais elle s'est relevée aussitôt, à cause de la poussière sans doute. Elle a voulu me montrer une souris qui y avait fait son nid, mais j'ai refusé d'entrer. L'atmosphère était... comment dire... nauséabonde, sans doute à cause de la poussière qu'elle avait dégagée en s'asseyant.

— Cela ne m'étonne pas, remarqua Monique. Personne n'est retourné là depuis des années.

— C'est sans doute cela ! s'exclama Lucas en frappant la table du poing.

Les trois autres le dévisagèrent sans comprendre.

— Pardon ? interrogea Bruce.

Les explications attendraient. Pour l'heure, il importait d'agir. Et vite.

— Vous vous sentez bien ? demanda-t-il au Canadien. Pas de symptôme grippal, pas de difficulés respiratoires ?

— Je me porte comme un charme.

— Parfait ! Raccompagnez ces dames à la maison, voulez-vous ? Et ne vous approchez pas du Belvédère ! Prévenez les pompiers pour qu'ils en interdisent l'accès.

Emily dormait quand il la retrouva dans sa chambre d'hôpital, juste avant l'aube.

— Bonjour, murmura-t-il en pressant sa main inerte contre la joue brûlante. J'ai une bonne nouvelle.

L'appareil respiratoire, un ancien modèle qui ressemblait à une sorte d'accordéon vertical, siffla, mais Emily demeura immobile.

— On va gagner, Emily ! reprit Lucas avec une conviction qu'il était loin d'éprouver.

Le même état d'esprit l'habitait lorsqu'il avait fait part de son raisonnement à l'équipe médicale, dans la salle de réunions des soins intensifs.

— Nous avons affaire à un cas de syndrome pulmonaire inhabituel.

De tous les médecins présents, seul Hal Stafford, le directeur de l'unité, avait semblé avoir une idée de ce dont il parlait.

— Il s'agit d'une infection virale extrêmement rare contractée en inhalant de la poussière infectée par des animaux, notamment les souris.

— Elle y a été exposée ? lança une infirmière.

— Oui.

D'un geste, il désigna les manuels sur lesquels il venait de plancher.

— Les premiers symptômes rappellent ceux d'une grippe ou d'une gastro-entérite. Ils disparaissent presque aussitôt pour revenir quelques jours plus tard, beaucoup plus sévères.

— Quel traitement préconisez-vous ?

Tous le fixaient avec espoir.

Lucas échangea un regard éloquent avec Stafford avant de reprendre la parole.

— Aucun dont l'efficacité nous soit certaine. A peu près cinquante pour cent des gens qui contractent cette maladie meurent et rien n'explique pourquoi les autres survivent.

— Cela signifie que nous devons faire confiance...

— Aux antibiotiques, à l'assistance respiratoire et à la providence !

Il dévisagea les membres du petit groupe avec l'espoir secret que l'un d'entre eux évoquerait une drogue miracle que les auteurs des ouvrages consultés auraient omise. Mais seul le silence succéda à ses paroles.

— Donc, dans l'état actuel des choses, il ne nous reste plus qu'à attendre, reprit-il d'une voix faible en repoussant sa chaise d'un mouvement las. Si vous désirez d'autres renseignements, je suis dans la chambre de Mlle Lamartine.

Emily avait plus que jamais besoin de lui, songeait-il en se rendant au chevet de la malade. Il lui insufflerait sa propre énergie, l'accompagnerait durant chaque seconde de son combat contre la mort. Et elle en sortirait victorieuse, que diable !

— Il faut que tu gagnes, ma chérie, murmura-t-il en posant la tête sur l'oreiller, tout près de sa bien-aimée. Comme cela, nous serons enfin ensemble, toujours, et nous pourrons...

Un sanglot l'empêcha de poursuivre. Il laissa passer une minute et fit une nouvelle tentative.

— Tu dois m'aider. Je n'y arriverai jamais tout seul.

Pour toute réponse, l'appareil respiratoire se souleva doucement.

Les quatre jours qui suivirent ne furent guère différents du premier. Les heures s'égrenaient, interminables, pour

Lucas, qui restait au chevet de la malade, surveillant le moindre battement de cils. Il sentait ses yeux le brûler parfois, à tel point qu'il ne distinguait alors plus rien. De brefs instants d'espoir succédaient à de longues périodes de désolation absolue. Monique et Béatrice venaient les voir de temps en temps et soutenaient Lucas. La grand-mère d'Emily surtout encourageait le médecin, refusant comme toujours de courber la tête. Son regard noir agissait sur Lucas comme un coup de fouet. De son côté, Béatrice l'implorait de rentrer se reposer au moins quelques heures à Roscommon, mais il refusait, ne s'acccordant qu'une heure de sommeil de temps à autre sur le canapé de la salle des internes de garde. Le plus souvent, il dormait dans le fauteuil, auprès d'Emily, ouvrant les yeux au moindre bruit inhabituel.

— Elle est à bout de résistance, déclara le Dr Hal Stafford le cinquième jour. Elle ne tiendra plus très longtemps.

Incapable d'envisager cette perspective, Lucas se rebella.

— Elle a bien tenu jusqu'ici !

— Mais elle s'affaiblit d'heure en heure.

L'angoisse se décupla dans le cœur de Lucas, qui contempla le petit visage livide à la peau presque translucide, aux traits si délicats qu'affinait encore la maladie. Toutefois, il refusa d'admettre qu'Emily allait perdre la bataille.

Secouant la tête en signe de compassion, Hal s'éclipsa.

Une nouvelle nuit commença alors. C'était le moment où Lucas se sentait le plus vulnérable. N'était-ce pas au milieu d'une nuit d'été qu'Emily s'était glissée dans son lit... et, cinq ans auparavant, dans son cœur ?

Pourquoi l'avait-il nié si obstinément ? Pourquoi avait-il privé la jeune femme de moments heureux, de moments perdus à jamais...

— Oh, Emily, pardonne-moi, supplia-t-il. Autorise-moi à réparer mes erreurs !

Une fois encore, seul le chuintement de l'accordéon lui répondit. Un bruit qui, soudain, lui devint insupportable. Minées par la peur de perdre la seule femme qu'il eût aimée, sa détermination et sa résistance s'effondrèrent d'un seul coup.

— Oh, Emily ! s'exclama-t-il en s'agenouillant près du corps inerte. Ne pars pas sans que je t'aie dit combien je t'aime.

Pressant passionnément sa main contre ses lèvres, il répéta, les joues inondées de larmes :

— Tu m'as entendu, Emily ? Je t'aime ! Je t'aime à la folie !

11.

Emily errait depuis un temps infini à travers le brouillard. Elle en avait presque oublié la sensation du soleil sur sa peau. Peu à peu, elle s'était habituée à cette nébuleuse silencieuse, à cette atmosphère moite et oppressante. Mais cette voix grave et insistante, là, tout près de son oreille, la tira de sa léthargie.

« ... je t'aime... »

C'étaient des mots qu'elle avait si souvent rêvé d'entendre... Et voilà qu'à présent, son imagination se mettait à lui jouer des tours. Elle rêvait, une fois de plus. Mais Dieu, que ce rêve était doux !

— Je t'aime. Je t'aime à la folie...

Soudain, Emily sentit les ténèbres qui l'entouraient s'éclaircir, un rai de lumière traverser ses paupières closes, et son monde intérieur s'en trouva illuminé d'un éclat extraordinaire. Elle voulut parler, crier à Lucas qu'elle l'entendait, qu'elle le croyait, même si ce n'était qu'un rêve, un délire, mais quelque chose retenait sa voix en otage.

Lucas était si proche qu'elle percevait à présent la chaleur de sa peau contre la sienne. Tant pis si elle était victime de son imagination. Après tout, elle était peut-être condamnée à ne plus vivre qu'en rêve, désormais. Et elle voulait que ce rêve soit le plus beau qu'elle ait jamais osé.

« Attends-moi », supplia-t-elle silencieusement.

Aucun son n'avait franchi ses lèvres, mais elle était parvenue à bouger faiblement les doigts.

Elle sentit que Lucas avait compris. Soudain, des bras vigoureux l'enveloppaient, protecteurs, et les derniers lambeaux de brume qui lui encombraient l'esprit se dissipèrent.

— Reviens, Emily ! Je suis là, je t'attends !

Oh, comme elle aurait voulu pouvoir ouvrir les yeux pour le voir en cet instant ! Comme elle aurait voulu qu'il ne s'agisse pas d'un rêve !

— Regarde-moi, Emily !

Comment devinait-il ses pensées ? Mais surtout, pourquoi la bousculait-il ainsi ? Ne pouvait-il pas la laisser en paix ?

« Je ne peux pas », voulut-elle articuler sans parvenir à émettre le moindre son.

— N'essaie pas de parler ! reprit la voix de Lucas. Cela ne sert à rien : tu es sous assistance respiratoire. Essaie d'ouvrir les yeux !

Encore ! Mais il devait bien savoir que c'était impossible ! Il était médecin, oui ou non ? A moins que...

Au prix d'un effort surhumain, elle se concentra au maximum et parvint à entrouvrir les paupières une fraction de seconde. Elle ne discerna qu'une vague silhouette à peine perceptible dans un halo de lumière éblouissant.

— C'est moi, Emily. Lucas ! Tu me reconnais, hein ?

Elle réitéra son effort et, cette fois, réussit à maintenir ses yeux entrouverts presque une seconde. Tout ce qui l'entourait était flou. Pourtant, quelques détails frappèrent son esprit : le bleu intense d'un regard plein d'espoir, les traits creusés d'un visage fatigué, le pli angoissé d'une bouche tentatrice.

Elle referma les yeux, épuisée par l'effort. Elle était heureuse, détendue soudain. Elle se sentit sourire.

Une main douce se posa sur sa joue. Emily tressaillit et

entrouvrit de nouveau les yeux. C'était déjà moins difficile.

— Bienvenue parmi nous, mon ange, entendit-elle chuchoter à son oreille.

Il lui semblait que sa main droite pesait une tonne. Pourtant, elle parvint à la soulever et la posa sur le bras de Lucas. Il tremblait.

« Tout va bien, eut-elle envie de lui dire. J'ai toujours su que je te rejoindrais. »

Mais sa bouche se refusait encore à articuler, sa voix à émettre un seul son. Lucas avait saisi sa main et l'avait portée à sa bouche pour y déposer un baiser. Quelque chose glissa sur le poignet d'Emily. Quelque chose de léger, de tiède.

Une larme...

Bouleversée, la jeune femme crut que son cœur explosait. Il pleurait ! Lucas pleurait ! Lucas le farouche, Lucas l'insensible !

Elle n'avait plus envie de refermer les yeux à présent. Il fallait résister, se battre.

— Bon sang ! Je pleure comme un idiot ! dit-il sans chercher à essuyer les larmes qui coulaient sur ses joues.

Si seulement il pouvait lui ôter ce détestable appareil qui l'empêchait de parler ! Elle devait lui dire, tout de suite, qu'elle ne l'avait jamais autant aimé qu'en cet instant. Il parut comprendre ce qu'elle demandait.

— C'est désagréable, je sais, répondit-il, mais c'est tout de même cet appareil qui t'a sauvé la vie.

« Non, c'est toi qui m'as sauvé la vie », répondit-elle d'un battement de cils.

— Sans lui, tu n'aurais pas tenu le coup quand tes poumons ont lâché. On ne peut pas le supprimer brutalement. Sais-tu depuis combien de temps tu es sur ce lit d'hôpital ?

Elle secoua imperceptiblement la tête.

— Six jours, enchaîna-t-il. Dans quelques heures, nous serons samedi.

Incrédule, elle battit des paupières. Elle venait donc de perdre une semaine de vie !

Une fois de plus, il parut deviner ses pensées.

— La route a été longue et difficile et il reste un bon bout de chemin à parcourir, mais tu y arriveras. Et tu sais pourquoi ? Parce que, maintenant, tu sais que je ne peux pas vivre sans toi, mon amour.

Mon amour! Il l'appelait *mon amour!* Le cœur d'Emily battait si fort, à présent, qu'elle ne percevait plus le bruit de l'appareil.

— Je n'ai pas encore trouvé toutes les réponses aux questions que je me posais, poursuivait Lucas à mi-voix, mais j'ai compris une chose : depuis des années, je fuis la vérité. J'étais trop bête pour admettre que ce dont j'ai besoin, ce que j'ai toujours voulu, toi seule peux me l'offrir.

Et Sydney ? se demanda Emily. Ce mariage n'avait-il donc pas compté pour lui ?

— J'ai commis bien des erreurs.

Sydney en faisait-elle partie ?

— Hélas, je viens à peine d'en prendre conscience. Je pensais que j'avais fait les bons choix, mais que c'était la vie qui m'avait floué.

Jamais il ne s'était tant confié. Jamais il n'avait dit des choses aussi personnelles. Emily le vit se détourner un bref instant, comme s'il était gêné de s'épancher ainsi. Puis il posa sur elle un regard dans lequel elle discerna une véritable paix intérieure et une humilité qu'elle ne lui connaissait pas.

— En fait, je me suis floué moi-même. Et j'ai trompé tout mon entourage. Seulement, c'est toi qui en as le plus pâti.

Et Sydney ?

— Sydney n'a jamais rien soupçonné, enchaîna-t-il comme s'il avait enfin perçu les interrogations de la jeune femme. Sans doute parce que, pour elle, seul notre travail comptait. Nous éprouvions l'un pour l'autre une profonde estime, mais n'avions pas vraiment besoin l'un de l'autre. Or, si l'amour existe, qu'est-il d'autre qu'une impossibilité de vivre l'un sans l'autre ? J'ai besoin de toi, Emily, parce que je t'aime plus que tout au monde.

Emily maudit sa faiblesse physique, qui lui interdisait de manifester son bonheur. Comme elle aurait aimé se lever d'un bond pour enlacer Lucas, entamer une danse endiablée avec lui, courir à l'air libre à ses côtés, main dans la main...

Cependant, seules les larmes de joie qui inondèrent son visage témoignèrent de sa réaction.

— Ne me dis pas qu'il est trop tard, Emily !

A la détresse qu'elle perçut dans la voix masculine, elle comprit qu'il s'était mépris sur le sens de ses larmes. Alors, elle lui prit la main et la posa sur son cœur. Et cette fois, elle fut certaine qu'il avait compris.

Cinq mois après le mariage d'Emily avec Lucas, le nouveau département de recherche de l'hôpital d'April Water fut inauguré et Lucas, qui avait été à l'origine de sa création, en prit la tête. Sa réputation d'excellence n'était plus à faire et toute la ville considéra comme une bénédiction son implication dans le temple local de la médecine.

La rumeur publique, toutefois, le surestimait sans doute. Car lorsqu'il vit son épouse s'enrober bientôt de quelques kilos bienvenus, il attribua cette prise de poids à la logique de son rétablissement.

Pourtant, il exerçait sur elle une surveillance étroite, qui frôlait parfois la tyrannie, émettant son avis de médecin sur chacun de ses faits et gestes. Ainsi, lorsque, deux jours avant Noël, Emily rentra très tard d'une journée de courses à San Francisco, il ne mâcha pas ses mots.

— Tu en fais dix fois trop ! lui lança-t-il dès son entrée

dans le salon. Entre la vente de ton entreprise, la création de la nouvelle ici, les préparatifs du mariage, la rénovation intérieure de Belvoir, l'installation de Monique et de Consuela à Roscommon et la recherche d'une gouvernante pour les aider, tu n'as pas levé le pied depuis que tu es rétablie !

Au lieu de prendre la mouche, Emily le gratifia d'un sourire radieux. S'il savait ! Mais il était encore trop tôt pour tout lui dire...

— J'adore les défis ! D'ailleurs, tu es bien placé pour le savoir, mon cher mari ! N'ai-je pas réussi à te passer la bague au doigt après onze ans d'attente ?

D'un geste vif, il lui enlaça la taille.

— C'est drôle, murmura-t-il en glissant une main polissonne sous le pull de sa femme, mais j'avais plutôt l'impression que c'était moi qui t'avais demandée en mariage.

— Je te l'ai laissé croire pour ne pas froisser ta vanité, répondit-elle en luttant contre les sensations délicieuses qu'il faisait naître en elle. Si tu n'as pas encore deviné que les femmes flattent les hommes en leur faisant croire qu'ils tirent les ficelles, tu as encore beaucoup à apprendre sur le sexe faible.

— Dans ce cas, je suis prêt à prendre un cours avec toi tout de suite, déclara-t-il en l'attirant sur ses genoux.

— Ici ?

— Pourquoi pas ? Nous avons fait l'amour dans la salle à manger, la cuisine, la salle de bains, le bureau, mais pas encore dans le salon, si je ne m'abuse. Il est temps de combler cette lacune.

— Tu as oublié de mentionner la véranda, lui rappela-t-elle en riant.

— C'est vrai. Pourtant, je devrais m'en souvenir...

Une semaine avant leur mariage, ils venaient de s'aimer avec fougue sous la véranda lorsque Tamara Golding avait surgi à l'improviste, désireuse d'admirer la splendeur retrouvée de Belvoir. La belle blonde n'avait pas pardonné à Emily de lui avoir ravi son objectif. Et s'il lui restait un quelconque espoir de reconquérir Lucas, elle avait dû y renoncer illico en voyant ce dernier rajuster tranquillement les vêtements de sa fiancée.

— Vous tombez mal, Tamara, avait froidement lâché le médecin. La prochaine fois, téléphonez avant de débarquer.

Depuis, la jeune femme n'était plus revenue à Belvoir. Lucas et Emily l'avaient croisée quelques semaines plus tard au bras d'un riche agent immobilier de la ville.

A l'inverse, Bruce avait gardé le contact, malgré son retour chez lui. Dans la carte qu'il leur avait envoyée pour Noël, il parlait en termes éloquents d'une jeune femme rencontrée le mois précédent.

Les caresses de Lucas se firent de plus en plus audacieuses. Avant de succomber, Emily fit une tentative pour se comporter avec un minimum de respectabilité.

— Lucas, nous devons absolument...

— Tout à fait d'accord, répliqua-t-il d'une voix rauque de désir. Nous devons absolument! Et tout de suite!

Quelques heures plus tôt, elle avait décidé de lui révéler son secret le lendemain, jour de Noël. Mais soudain, elle n'y tint plus.

— Lucas, nous allons avoir un enfant.

Il se redressa si brusquement qu'elle faillit tomber à terre.

— Nous... quoi?

— Nous allons avoir un enfant.

Il ne semblait pas comprendre. Surprise, Emily se lança dans les explications :

— Cela a dû se produire le jour où...

— Je sais comment on conçoit les enfants! Mais... tu m'as toujours dit que tu ne pouvais pas... que quand tu étais mariée avec... avec machin tu... tu...

— Je me suis trompée. Ou alors, c'est que je ne peux être enceinte que d'un seul homme.

— Un enfant ?

Il fronça les sourcils.

— Tu es sûre ?

— J'ai consulté un spécialiste ce matin à San Francisco.

Une flamme inquiète traversa les yeux bleus.

— Pourquoi ? Il y a un problème ?

En souriant, elle se pencha vers lui pour l'embrasser.

— Je suis en parfaite santé et la grossesse se déroule normalement pour une femme dans sa douzième semaine.

— Douze semaines ! Tu es enceinte de trois mois et tu ne m'avais rien dit ! Pourquoi ? Tu estimes que la surveillance d'une grossesse dépasse mes capacités ?

Elle éclata de rire.

— J'ai totalement confiance en tes capacités, Lucas. N'es-tu pas mon mari, mon amant, mon meilleur ami et... le futur père de mon enfant ? Toi seul fais mon bonheur. Alors au lieu de me reprocher mes cachotteries, dis-moi que tu es heureux !

D'un mouvement preste, Lucas la souleva dans ses bras et l'emporta vers leur chambre.

— Ne me provoque pas, femme !

Les mains nouées derrière sa nuque, Emily lui décocha un coup d'œil espiègle quand il la déposa sur le lit. Immédiatement, il entreprit de lui ôter un à un tous ses vêtements.

— Lucas... Tu nous imagines assis sous la véranda, chacun dans un rocking-chair, en train de contempler nos petits-enfants avec le même regard placide et comblé que nos grands-parents ?

— Nous n'en sommes pas encore là, répliqua Lucas, le souffle court, tandis qu'elle le dévêtait à son tour. Pour l'instant, je suis loin de me sentir placide...

Emily l'attira doucement contre elle.

— Et comblé ?

Il l'étreignit passionnément.

— Ça, oui ! J'ai l'impression de tenir le monde entier dans mes bras, comme si j'avais traversé l'enfer pour découvrir le paradis au bout du chemin. Je t'aime, Emily ! Je t'aime, et j'en suis fou de bonheur !

Ce mois-ci,
découvrez trois nouveaux

BEST-SELLERS HARLEQUIN.

LA MÉMOIRE ASSASSINÉE, ***de Taylor Smith*** **• n° 63**
Un tragique après-midi d'été, l'univers de la petite Mallory s'écroule devant ses yeux d'enfant. En l'espace de quelques secondes, toutes ses certitudes sont balayées — soufflées par l'explosion criminelle qui vient de tuer ses parents.
Bien des années plus tard, Mallory semble avoir réussi à surmonter ce drame : devenue journaliste, elle connaît un succès fulgurant dans sa profession. Pourtant, le spectre du souvenir la hante, risquant de détruire tout ce qu'elle a construit...

UNE VIE DE MENSONGE, ***de Catherine Lanigan*** **• n°64**
Aux funérailles de Richard Bartlow, trois femmes viennent dire adieu à cet homme insaisissable qu'elles ont toutes aimé et haï à la fois : l'ex-épouse, mère de deux enfants, abandonnée dans le plus grand dénuement quelques années plus tôt ; l'ex-maîtresse, délaissée à son tour, alors qu'elle avait sacrifié sa propre carrière pour soutenir celle de Richard ; la dernière amante, qui a nourri bien des illusions au sujet de l'amour que lui portait le défunt. Trois femmes, trois rivales et néanmoins sœurs dans la souffrance, que Richard a couchées sur son testament. Que contient donc ce mystérieux document ? Rend-il justice aux femmes aimées, ou va-t-il encore révéler un aspect inconnu de la vie de Richard Bartlow ?

LA DERNIÈRE NUIT À RIO, ***de Janice Kaiser*** **• n° 65**
Contrainte de partir à Rio afin d'essayer de disculper son frère emprisonné pour meurtre, Serena Bouchard parvient à convaincre son ex-mari, Michael, de l'accompagner. Avec, cependant, un engagement mutuel : ne pas succomber à l'attirance sexuelle qui les pousse encore l'un vers l'autre. Mais à Rio, tout est permis et, pour fuir la tentation, Serena jette Michael à contrecoeur dans les bras d'une superbe Brésilienne, tandis que l'enquête, qui les plonge dans les sombres arcanes de la grande bourgeoisie de Rio, redistribue peu à peu les rôles de manière inattendue...

Composé sur le serveur d'Euronumérique, à Montrouge
par les Éditions Harlequin
Achevé d'imprimer en août 1997
sur les presses de l'Imprimerie Bussière
à Saint-Amand-Montrond (Cher)
Dépôt légal : septembre 1997
N° d'imprimeur : 1489 — N° d'éditeur : 6738

Imprimé en France